Bachwr

Bachwr

DAN ANTHONY

Addasiad Ion Thomas

Gomer

I
Pam

Cyhoeddwyd gyntaf yn 2011 gan Pont Books,
gwasgnod Gwasg Gomer, Llandysul, Ceredigion, SA44 4JL

Cyhoeddwyd gyntaf yn Gymraeg yn 2014
gan Wasg Gomer, Llandysul, Ceredigion, SA44 4JL

www.gomer.co.uk

ISBN 978 1 84851 755 4

Cyhoeddwyd gyda chymorth ariannol
Cyngor Llyfrau Cymru.

Argraffwyd a rhwymwyd yng Nghymru gan
Wasg Gomer, Llandysul, Ceredigion

Prolog

Gwthiodd Martin gudyn o wallt tywyll o'i lygaid wrth iddo wylio Arwel yn cerdded i lawr y ffordd. 'Gwell peidio â'i boeni am ychydig,' meddai.

'Pam?' gofynnodd Gruff, gan godi ei hun i ben y wal i eistedd ar bwys Martin. 'Weden i fod angen therapi dwys ar y bachan, a digon o ymarfer. Mae ei feddwl e 'di mynd. Mae'n well i mi ei fwrw â ffon.'

'Dwi ddim yn credu y bydd hynny'n helpu,' meddai Martin. 'Ma eisiau amser arno i ddod dros bethe.'

'Sut hynny?' gofynnodd Gruff.

'Mae'n rhaid i bob chwaraewr da fedru delio â cholli: mae'n rhaid dysgu wrth golli a gwybod sut i ennill,' meddai Martin.

Nodiodd Gruff: 'Ma hynna'n ddwys … Dwi ddim yn deall.'

'Seicoleg,' meddai Martin gan ochneidio'n amyneddgar. 'Mae'n ymwneud â beth sy'n mynd mlaen yn yr isymwybod, a does gen ti ddim un o'r rheiny.'

Meddyliodd Gruff am eiliad. 'Os wyt ti'n dweud 'mod i'n stiwpid, fe gei di glowten,' meddai, gan ddal i syllu ar Arwel yn cyrraedd pen y ffordd, yn troi'r gornel ac yn diflannu.

'Mae'n golygu y byddi'n llai tebygol o ofni'r annisgwyl,' meddai Martin.

Nodiodd Gruff. Roedd Martin yn llygad ei le: doedd e byth yn gweld diben poeni.

Yn y goedwig y tu ôl iddyn nhw, symudai'r canghennau bregus, tywyll yn yr awel oer.

Pennod 1

Trodd Arwel i Stryd Gorwelion. Roedd e eisiau newid enw'r lle i Stryd Trychineb. Wrth iddo sgriffio'i dreinyrs ar y palmant meddyliodd pa mor ddrwg oedd pethau.

*

Yn dilyn eu buddugoliaeth yn erbyn Aberarswyd roedd gan bawb ffydd ynddo. Roedd ef a'i dîm o sombis wedi curo tîm cyntaf Aberarswyd. Nid yn unig eu curo ond eu chwalu'n rhacs.

Gan fod y maswr, Jac Wilson, yn absennol o'r ysgol, roedd pennaeth chwaraeon Ysgol Gyfun Aberarswyd wedi gwneud penderfyniad dewr. Yn dilyn yr ymarfer, cafodd air bach tawel ag Arwel i dorri'r newyddion da. 'Arwel, ti sy'n chwarae maswr.'

Cofiai Arwel iddo rybuddio Mr Edwards yn syth bin nad oedd yn teimlo'i fod cystal chwaraewr bellach.

Dechreuodd llygaid brown yr hyfforddwr wingo fel chwilod bach nerfus. 'Roeddet ti'n wych pan chwaraeaist ti yn erbyn Aberarswyd,' meddai. 'Nawr dwi eisiau gweld a fedri di wneud yr un peth i ni hefyd – mae angen arwr fel ti ar yr ysgol hon.'

Yr eiliad honno, hyrddiodd y blaenasgellwr Gilligan heibio, ar ei ffordd mas o'r stafell newid. 'Well i ti fod yn dda,' meddai â gwen heriol, 'a dwi'n gwybod nag wyt ti.'

'Fe weles i Arwel yn chwarae,' meddai Mr Edwards. 'Mae'n wych.'

Anesmwythodd Arwel yn nerfus. Pan oedd yn chwarae gyda'r sombis teimlai'n lwcus ac yn hyderus. Ond nawr, hebddyn nhw, teimlai'n anlwcus, ac efallai wedi'i felltithio, hyd yn oed.

'Dere yma fory erbyn hanner awr wedi un i gwrdd â'r bws mini,' meddai Mr Edwards cyn iddo ddiflannu i'w swyddfa drws nesaf i'r stafelloedd newid.

*

Arafodd Arwel. Roedd yn cerdded yn rhy gyflym i lawr Stryd Trychineb. Doedd e ddim eisiau cyrraedd adre'n rhy gynnar. Roedd wrthi'n ail-fyw yr hyn a ddigwyddodd wedyn.

*

Roedd y daith i Aber-gwâl wedi cymryd tua hanner awr. Roedd yna naws ryfedd yn y bws mini. Mr Edwards oedd yn gyrru, ac roedd yn sugno Tic Tacs yn nerfus. Ar y ffordd i'r gêm, byddai fel arfer yn siarad yn ddi-baid, yn annog ei dîm i chwarae'n dda, yn tynnu coes, yn sbarduno pawb yn egnïol: 'Dyma'r sefyllfa,' byddai'n dweud. 'Naill ai ni'n ennill neu ni'n ennill – dyna sy'n mynd i ddigwydd.'

Ond y tro hwn, crychai ei dalcen a chadwai ei lygaid ar y ffordd. Cymerodd y daith yn hirach nag arfer: roedd yna waith trin ffordd a goleuadau traffig dros dro ym mhobman. Roedd raid iddyn nhw fod yn ofalus i osgoi sawl twll yn yr heol, polion telegraff a oedd wedi cwympo a hyd yn oed car a oedd wedi troi drosodd.

'Mae'n rhaid bod yna storm anghyffredin wedi digwydd,' meddai Gruff, a oedd yn eistedd gydag Arwel. 'Corwynt neu rywbeth tebyg.'

'Dydyn ni ddim yn cael corwyntoedd yn Aberarswyd,' meddai Arwel.

Erbyn iddyn nhw gyrraedd Ysgol Aber-gwâl roedd Mr Edwards wedi llwyddo i orffen y bocs cyfan o fintys. Wrth i'r bechgyn neidio oddi ar y bws mini gafaelodd ym mraich Arwel. 'Arwel, gwranda,' meddai. 'Fe weles i ti'n chwarae'r diwrnod o'r blaen. Roeddet ti'n wych.'

Nodiodd Arwel.

'Dyna pam dwi wedi dy ddewis di'n faswr. Ond nawr dwi'n dechrau ailfeddwl.'

Nodiodd Arwel eto; doedd e ddim eisiau siomi Mr Edwards.

'Ga i ofyn cwestiwn i ti?' holodd yr hyfforddwr.

'Wrth gwrs,' meddai Arwel.

'Ti chwaraeodd yn y gêm yna, ontife? Ti oedd e – nid rhyw fachan arall a oedd yn edrych yn debyg i ti neu ryw frawd sneb yn gwybod amdano, neu ryw berthynas sy'n edrych yr un ffunud â ti ... *ti* oedd e?'

'Fi oedd e,' nodiodd Arwel.

'Ti wnaeth yr holl gicio a'r dal, yr holl basio a'r taclo, a sgorio'r holl bwyntiau yna?'

'Ie,' atebodd Arwel yn nerfus.

Sythodd Mr Edwards ei gefn. 'Mae'n syml, felly,' meddai gan gamu ar y cae rygbi.

Dilynodd Arwel ef. 'Syml?' mwmialodd dan ei wynt.

'Gwna fe eto!'

Roedd y prynhawn yn llawn o aroglau'r gaeaf – y cae'n wlyb a thrwm a'r awyr yn llaith.

Arwel oedd i gicio a chychwyn y gêm. Daliodd y bêl. Ceisiodd ei sychu yn ei grys ond collodd ei afael arni ac fe gwympodd i'r llawr. Gallai glywed Gilligan yn chwerthin y tu ôl iddo. Gallai deimlo llygaid ei dîm yn syllu arno. Gwyddai eu bod nhw eisiau iddo wneud yn dda, ond gallai synhwyro mai ofni'r gwaethaf roedden nhw. Cymerodd anadl ddofn a chodi'r bêl yn uchel i bawb gael ei gweld.

'Dere 'mlan, Arwel!' gwaeddodd Gruff. 'Cicia hi mor bell ag y galli di!'

Ciciodd Arwel hi. Neu ceisiodd ei chicio. Bu bron iddo'i methu'n llwyr ac fe rowliodd y bêl yn druenus i un ochr.

Ac felly y bu. Roedd y bêl gan Aber-gwâl. Ac fe ddefnyddion nhw hi yn effeithiol. Pan sylweddolon nhw fod Arwel yn chwarae'n wael fe roddodd y tîm ei holl sylw arno fe. Cicion nhw'r bêl ato ac fe lithrodd honno drwy ei ddwylo. Rhedodd y pac ato...a'i lorio. A phan droellodd y mewnwr bàs ato, roedd y bêl mor wlyb a llithrig nes mai prin y medrodd Arwel ei dal cyn iddo gael ei daclo gan y rhan fwyaf o dîm Aber-gwâl. Methodd pob un o'i giciau â chyrraedd yr ystlys. Methodd pob un o'i giciau cosb hefyd ac fe gollodd Ysgol Aberarswyd o 47 pwynt i ddim.

Chwaraeodd pob un aelod o'r tîm yn wael. Danfonwyd Gruff oddi ar y cae am ymladd â blaenwyr Aber-gwâl. Danfonwyd Gilligan oddi ar y cae am fwrw Arwel.

Ar ôl y gêm, wrth iddyn nhw yrru am adre yn y bws, siaradodd Mr Edwards â'r bechgyn gwlyb a brwnt. 'Dwi wedi bod yn meddwl,' meddai'n fwriadol araf.

Gwrandawodd y bechgyn yn astud.

'Ymdrech dda, Arwel. Fe wnest ti dy ore, cant a deg y cant. Fe wnest ti daclo fel dyn gwyllt, ond dyna oedd yr unig beth da wnest ti...A dweud y gwir, roeddet ti'n ofnadwy, bron i gant ac wyth deg y cant i'r cyfeiriad anghywir. Camgymeriad oedd dy roi di yn safle'r maswr.'

Eisteddai Arwel y drws nesaf i Gruff, a'i ben yn ei ddwylo. Nodiodd ei ben yn araf. Roedd y cyfan wedi bod yn hunllef.

'Gwynt teg ar ei ôl,' hisiodd Gilligan.

'Ac fe ddylet ti, Gilligan, ganolbwyntio ar fwrw'r gwrthwynebwyr yn hytrach nag aelodau o dy dîm dy hunan,' meddai Mr Edwards. 'Pwynt syml. Efallai fod Arwel wedi chwarae fel sombi, ond o leiaf roedd e'n gwybod pwy oedd y gelyn.'

Rhoddodd Gruff ei law ar gefn Arwel: 'Paid â

phoeni,' meddai. 'Y tro nesaf, fe gurwn ni nhw go iawn.'

*

Pan ganodd y gloch, brysiodd Arwel mor gyflym ag y medrai mas o'r ysgol. Wnaeth e ddim hyd yn oed aros i Gruff. Aeth yn syth i'r unig le y gwyddai y byddai'n ddiogel.

Roedd llawr y goedwig bron yn sych. Bownsiai traed Arwel ar y gwely o nodwyddau coed pin. Cerddodd i ganol y goedwig. Ond doedd yna'r un gwynt oer, nac awel rynllyd yn chwythu, dim ond carped trwchus yn cadw'r goedwig bin yn gynnes ac yn aroglu'n ffres.

'Delme,' hisiodd Arwel.

Doedd yna ddim ateb.

'Delme!' gwaeddodd.

Chlywodd e ddim byd. Ni fedrai hyd yn oed arogli'r arogl rhyfedd oedd yn gymysgedd o fadarch a sombis. Crwydrodd rhwng y coed am dipyn. Ond ddaeth dim byd i gwrdd ag ef.

Pan gamodd allan o'r goedwig daeth ar draws Martin a Gruff yn eistedd ar y wal yn chwarae gêm 'picil'. Roedd rhaid iddyn nhw greu storïau am yr hyn a oedd yn y ceir a'r lorïau a yrrai ar hyd y ffordd ddeuol a ddringai i fyny'r cwm islaw.

'Ti'n gweld y lorri goch yna sy ar y ffordd,' meddai Gruff.

Edrychodd Martin ar y cerbydau a ddisgleiriai o dan y gadwyn o oleuadau oren. Gwelodd y lorri. 'Ydw,' meddai, 'yr un mawr gyda "Mansel Davies" wedi'i sgrifennu ar ei hochr?'

Nodiodd Gruff. 'Cario llwyth o'r sombis y mae hi. Dyna ble maen nhw wedi mynd. Maen nhw i gyd yng nghefn y lorri ac yn mynd ar drip. Byddan nhw'n achosi pob math o ddistryw yn y dre gyntaf y cyrhaeddan nhw.'

Chafodd Gruff na Martin ddim sioc pan ymunodd Arwel â nhw.

'Mae'r sombis 'di mynd,' meddai.

'Ni'n gwybod,' meddai Gruff. 'Mae'r goedwig fel y bedd. Aethon nhw'n wirion yn dilyn y gêm yn erbyn Aberarswyd. Aethon nhw'n nyts. Ro'n i'n becso eu bod nhw'n mynd i'n lladd ni.'

'Fedrwch chi ddim rheoli sombis,' meddai Martin. 'Dy'n nhw ddim yn bobol go iawn ac mae'n bosibl iddyn nhw wneud unrhyw beth. Dwi'n credu bod nhw 'di mynd mas o reolaeth.'

Daliodd y tri i edrych ar y lorri nes iddi ddiflannu o'r golwg.

'Fetia i y byddet ti'n hoffi bod mewn lorri ar dy ffordd i rywle fydde neb yn gallu dod o hyd i ti,' meddai Martin.

Nodiodd Arwel.

'Paid â phoeni,' meddai Gruff. 'Bydden ni yno i dy helpu di.'

Gwenodd Arwel wrth i Gruff daro'i gefn. Dyna

oedd yn dda am Gruff – doedd e byth yn newid ochr. Roedd e'n gyfaill triw.

'Falle,' meddai Martin yn feddylgar, 'mai dim ond pan fyddi di'n chwarae mewn tîm o sombis rwyt ti'n chwarae'n dda. Mae'n bechod ein bod ni wedi'u colli nhw.'

Aeth Arwel am adref. Y cyfan roedd e eisiau ei wneud oedd dianc ac anghofio'r cyfan.

*

Tynnodd allwedd y drws o'i boced. Gwyddai y byddai ei dad y tu mewn i'r tŷ ac yn fwrlwm o frwdfrydedd am rygbi.

Pennod 2

Gwthiodd Arwel ddrws y ffrynt a chamu i'r cyntedd. Gallai glywed curiad y drwm bas yn treiddio o'r llofft. Roedd ei dad yn meddwl mai'r drymiau oedd rhan orau ei grefydd Fwdaidd newydd. Roedd e'n arbrofi â chrefyddau newydd o hyd. Dywedai eu bod nhw'n helpu ei feddyliau cadarnhaol. Gwyddai ei deulu mai dim ond un grefydd – sef rygbi – y glynai'n driw wrthi.

Cerddodd Arwel yn dawel ar hyd y cyntedd i gyfeiriad y gegin yn y gobaith na fyddai Mr Rygbi'n sylweddoli ei fod wedi cyrraedd adre.

'Arwel.' Mae'n rhaid bod ei dad wedi bod yn disgwyl amdano. 'Fi sy 'ma. Dwi'n gwneud ychydig o ymarferiadau meddyliol positif. Dere lan nawr.'

Dringodd Arwel y grisiau. Agorodd ddrws y stafell wely fach lle cadwai Dad ei holl drugareddau drymio.

Eisteddodd Arwel ar y llawr a gwrando ar y curiadau. 'Dad,' meddai. 'Dwi'n anobeithiol.'

'Dwyt ti ddim yn anobeithiol. Ti'n wych. Fe weles i ti â'm llygaid fy hunan: roeddet ti'n anhygoel, ti a'r holl griw o gymeriadau hyll 'na. Mae Steve yn credu y gallet ti chwarae dros Gymru – a ddyle fe wybod achos fe wnaeth e chwarae i dîm Cymru dan bedair ar bymtheg.'

Ysgydwodd Arwel ei ben: 'Roedd heddiw'n ofnadwy.'

'Dwi'n gwybod,' gwenodd ei dad. 'Fe ddywedodd Edwards wrth Benbow ac mae e newydd decstio. Mae'n rhaid i ti ailafael yn y delweddau positif, Arwel. Dychmygu dy hun yn sgorio cais. Cau dy lygaid. Gadael i dy feddwl grwydro'n rhydd drwy gaeau dy freuddwydion. Gweld dy hunan mewn llif o lwyddiant. Dwi wedi trefnu pethau: nos yfory, yn y clwb – ti'n chwarae maswr i Aberarswyd.'

'Beth?' gwaeddodd Arwel.

Roedd y syniad o chwarae i dîm ei dad, o wisgo'r crys rhif deg a gwneud cawlach o bopeth unwaith eto, yn ei ddychryn. Roedd yn waeth na meddwl am eistedd yng nghadair y deintydd. O leiaf mater preifat oedd hwnnw. Roedd chwarae rygbi'n mynd i fod yn achos cywilydd cyhoeddus unwaith eto.

Y noson honno gorweddai Arwel yn effro yn ei wely: roedd ei ddychymyg yn fyw – ond roedd yr hyn a ddychmygai'n ddychrynllyd. Safai ei dad a'i gyfaill Benbow ar yr ystlys, eu hwynebau'n hir wrth i Arwel godi ei hun oddi ar y llawr – dro ar ôl tro – a Gilligan yn chwerthin am ei ben wrth iddo lithro yn y mwd.

*

Cadwodd Dad at ei air. Defnyddiodd ei ddylanwad i berswadio pwyllgor y clwb i ddewis Arwel yn safle'r maswr ar gyfer y gêm. Doedd y chwaraewyr eraill ddim yn hapus â hyn. Fedren nhw ddim deall pam y dylai plentyn gael chwarae i'r tîm cyntaf, a doedd y gwrthwynebwyr ddim yn hapus chwaith gan y gallai hyn wneud iddyn nhw edrych yn wirion.

Safai Arwel yng nghanol y cae a llygaid y chwaraewyr eraill yn rhythu arno. Gwaeddodd ei dad ei gefnogaeth o'r ystlys, ond gallai Benbow, hyd yn oed, weld bod yna rywbeth o'i le. Edrychai Arwel yn fach. Roedd yn ymddangos ar goll.

'Dwi ddim yn meddwl bod dy fab di'n hapus,' sibrydodd Benbow, wrth i Arwel sychu'r bêl cyn rhoi cic i gychwyn y gêm.

'Paid â siarad dwli,' meddai Dad. 'Mae'r bachgen yn athrylith y bêl hirgron. Ry'n ni wedi'i weld e'n chwarae.'

'Hy!' wfftiodd Benbow. 'Falle mai twyll oedd yr hyn welon ni. Wedi'r cwbwl, pwy oedd y bechgyn yna oedd yn chwarae yn yr un tîm ag e? Roedd golwg ryfedd iawn arnyn nhw.'

Anadlodd Arwel yn ddwfn. Unwaith eto, daliodd y bêl yn uchel cyn ei chicio. Tasgodd y bêl ymlaen, ond methiant oedd y gic. Bownsiodd y bêl ychydig fetrau o'i flaen cyn stopio yn y mwd. Gallai Arwel glywed y chwaraewyr eraill yn cwyno.

Roedd y gêm yn waeth na'r un yn erbyn ysgol Aber-gwâl, hyd yn oed. Lloriwyd Arwel yn y dacl, gollyngodd y bêl droeon ac roedd ei basio yn fyr. Ar ôl hanner awr daeth capten Aberarswyd at yr ystlys. Torrodd ar draws tad Arwel a oedd yn gweiddi ar y dyfarnwr i stopio pac yr ymwelwyr rhag neidio ar ei fab. 'Sori,' meddai. 'Mae Arwel 'di cael digon. Mae'n codi cywilydd ar y tîm.'

Cafodd Arwel ei eilyddio. Cerddodd yn benisel yn ôl i'r stafelloedd newid ar ei ben ei hun. Roedd y cyfan drosodd. Mewn deuddydd roedd yr arwr bellach yn fethiant.

Edrychodd Benbow yn ofalus ar ei hen ffrind. Yn y clwb gallai weld bod gweddill y pwyllgor yn feirniadol iawn. Gwyddai eu bod yn flin iawn gyda thad Arwel am fynnu gweld ei fab yn chwarae maswr. Os nad oedd ef yn gweld y broblem, roedd pethau'n glir i Benbow. Doedd y pwyllgor ddim yn poeni cymaint am Arwel – wedi'r cyfan, byddai pawb yn cael gêm wael – ond roedden nhw'n wirioneddol flin gyda'i dad. Roedd wedi trefnu gêm i'r tîm cyntaf, a oedd wedi cael ei cholli i dîm rhyfedd iawn yr olwg, a nawr roedd wedi dewis ei fab ei hunan i chwarae. Doedd hynny ddim yn iawn ac yn mynd yn erbyn y drefn.

'Edrychwch,' meddai Benbow. 'Gadewch lonydd i bethau. Ddylen ni ddim gwthio Arwel i chwarae: dyw e ddim yn barod.'

'Ddim o gwbl,' anghytunodd Dad. 'Dwi wedi dweud wrthoch chi – ma Arwel yn athrylith.'

Ysgydwodd Benbow ei ben. Yn ei farn ef, doedd Arwel ddim yn athrylith, ac roedd ei dad yn gofyn am drafferth os nad oedd e'n sylweddoli hynny.

Pennod 3

Am yr ychydig ddiwrnodau nesaf cadwodd Arwel o olwg pawb. Cadwodd ei bellter oddi wrth Gruff a Martin. Sleifiodd mas o Ysgol Gyfun Aberarswyd mor gyflym ag y medrai ar ddiwedd pob dydd ac arhosai yn y tŷ gyda'r nos. Gwyliodd y teledu, chwaraeodd yr Xbox, ac aeth ar nerfau ei chwaer. Yr unig le y mentrodd allan iddo ar ei ben ei hun, oedd y goedwig. Crwydrodd rhwng y coed pin, yn chwilio am arwydd o'r sombis. Ond roedd y lle fel y bedd. Doedd dim arwydd eu bod wedi bod yno o gwbl.

Aeth Arwel i'r goedwig ar ei ben ei hun i chwilio am y sombis unwaith eto nos Iau. Nhw oedd ei unig obaith, meddyliodd. Crwydrodd drwy'r coed, gan alw eu henwau: 'Delme, Glyn, Bachwr.'

Ond yr unig beth a oedd i'w glywed oedd sŵn yr awel yn chwythu drwy nodwyddau'r coed pin.

Yna'n sydyn, clywodd frigyn yn torri. Trodd Arwel ar ei union. Roedd y goedwig yn dywyll. Dyfalodd mai cadno oedd yno yn chwilio am lygod. 'Delme, Glyn, Bachwr,' gwaeddodd eto'n drist. 'Dere, Bachwr.'

'Arwel!' gwaeddodd rhywun.

Am eiliad, credodd Arwel fod y sombis wedi dychwelyd. Gwenodd fel giât.

'Ro'n i'n meddwl y baswn i'n ffeindio ti lan fan hyn,' meddai Beth, yn ymddangos o'r tu ôl i goeden yn gwenu'n braf.

Camodd Arwel yn ôl. Beth, y ferch o lyfrgell yr ysgol, oedd y person olaf roedd eisiau ei weld. Roedd wedi bod yn ofalus i beidio â cherdded heibio'i thŷ wrth fynd adre o'r ysgol, na sefyllian o gwmpas y llyfrgell a gadael ei gwersi hi mor gyflym ag y medrai. 'Beth wyt ti'n ei wneud fan hyn?' holodd Arwel.

'Allen i ofyn yr un peth i ti,' atebodd Beth, 'a pham wyt ti'n crwydro o gwmpas yn siarad â ti dy hunan?'

'Dwi ddim eisiau siarad â neb arall,' meddai Arwel, gan symud i ffwrdd.

'Pam?' gofynnodd, gan ei ddilyn.

'Wnest ti 'nilyn i yma?' gofynnodd Arwel.

'Pam fyddai unrhyw un eisiau dy ddilyn di?' meddai Beth. 'Ti'n ddiflas.'

Cerddodd Arwel yn ei flaen. 'Felly, pam wyt ti 'ma?'

'Pam *wyt ti* 'ma?'

'Fi ofynnodd gyntaf.'

'Fi ofynnodd yn ail,' chwarddodd Beth, a'i llygaid yn disgleirio. Safodd Arwel. 'Dwi'n chwilio am y sombis. Rhag ofn na sylwaist ti, roedd 'da ni dîm rygbi o sombis yn y goedwig hon a nawr maen nhw wedi diflannu. Dwi'n ceisio dod o hyd iddyn nhw.'

'A finne,' meddai Beth, 'er dwi'n credu 'mod i'n agosach at ddod o hyd iddyn nhw nag wyt ti.'

Goleuodd wyneb Arwel. 'Ti'n gwybod ble maen nhw?'

'Ddim yn hollol,' meddai Beth, 'ond dwi'n gwybod rhywbeth. Tra wyt ti wedi bod yn colli gêmau ac yn crwydro o gwmpas y lle 'ma fel bardd heb awen, dwi wedi bod yn gweithio'n galed.'

'O,' meddai Arwel, gan gerdded yn arafach drwy'r coed.

'O?!' ebychodd Beth.

'Edrych 'ma, Beth. Sdim rhaid i ti esgus. Dwi'n gwybod bod pawb yn meddwl 'mod i'n werth dim. Dw i'n meddwl 'mod i'n anobeithiol.'

'Ma mwy i'r busnes 'ma na ti, Arwel,' meddai Beth. 'Nid dim ond ti sy'n cael ei effeithio.'

'Nage fe?' holodd Arwel, gan edrych yn hunan-dosturiol. Teimlai fel petai'r cyfan yn ymwneud ag ef. Teimlai fel y person mwyaf gwirion yn Aberarswyd.

'Mae'n ymwneud â'r sombis, Arwel. Mae 'na bedwar ar ddeg ohonyn nhw ar y funud yn crwydro'n wyllt o gwmpas Cymru a'r cyfan fedri di ei wneud yw teimlo'n flin drosot ti dy hunan am na wnest ti chwarae'n dda yn y ddwy gêm ddiwethaf. Ers pryd wyt ti mor hunanbwysig?'

Meddyliodd Arwel am funud. Cododd ei ysgwyddau.

'Mae 'na bethau'n digwydd, Arwel, ac rwyt ti'n sefyll yng nghanol coedwig yn siarad â ti dy hun – pa mor bathetig yw hynny? Mae'n *rhaid* i ni ddod o hyd iddyn nhw. Wyt ti wedi gweld y newyddion? Wyt ti wedi darllen y papurau? Wyt ti wedi bod ar y we?'

Ceisiodd Arwel ddweud ei fod wedi bod yn chwilio am y sombis, ac nad ei fai ef oedd y ffaith nad oedd e'n medru dod o hyd iddyn nhw. Gafaelodd Beth ynddo a'i ysgwyd. '*Dwi* wedi bod yn ymchwilio ar y we ac yn y llyfrgell. Gall sombis fod yn beryglus ac rwyt ti'n gwybod hynny. Edrych ar hwn.' Dyma hi'n tynnu darn o bapur newydd allan o'i phoced a'i roi i Arwel.

'*Creaduriaid rhyfedd yn codi ofn yng nghanol dinas.*' Roedd yr adroddiad papur newydd yn disgrifio grŵp o greaduriaid a edrychai fel sombis yn rhedeg yn wyllt drwy Gaerdydd, yn dychryn siopwyr a gyrwyr bysiau. '*Rhaid gwneud rhywbeth,*' oedd byrdwn yr erthygl.

Edrychodd Arwel ar Beth.

'A hwn...a hwn...a hwn,' meddai, gan dynnu rhagor o doriadau papur newydd allan o'i phoced. 'Maen nhw wedi bod dros y lle i gyd: yn codi ofn ar syrffwyr yn Ninbych-y-pysgod, yn dringo pont yng Nghasnewydd...Ble bynnag maen nhw wedi bod – Bangor, Treorci, Llandudno – maen nhw wedi creu trafferthion. Mae'r holl adroddiadau 'ma,' meddai gan chwifio'r toriadau yn wyneb Arwel, 'am sombis. Ein sombis *ni*. Dyw hyn ddim yn dda, Arwel. Maen nhw'n weddol resymol ar hyn o bryd, a than reolaeth. Ond mae ennill y gêm yna wedi'u cynhyrfu. Maen nhw wedi gwylltio. Dydy pobl ddim yn ddiogel yn Aberarswyd nac yn unrhyw le arall yng Nghymru – a ni sy ar fai. WYT TI'N DEALL?'

Syllodd Arwel yn gegagored ar Beth. Sylweddolodd yn awr fod Beth wedi bod yn brysur tra oedd yntau'n eistedd gartref yn gwneud dim.

'Mae'r sombis mewn cyflwr rhyfedd sy'n eu hala nhw'n wallgof. Roedd ennill y gêm yna'n brofiad mor gyffrous iddyn nhw fel ei fod wedi effeithio arnyn nhw. Maen nhw wedi troi o fod yn weddol gyfeillgar, ond drewllyd, i fod yn greaduriaid cwbl afresymol. Maen rhaid i ni eu cael nhw 'nôl, ond dyw gwneud hynny ddim yn mynd i fod yn hawdd. Yn ôl fy ymchwil i, mae unrhyw sombi sydd yn y cyflwr rhyfedd 'ma yn un o'r saith peth mwyaf peryglus yn y byd goruwchnaturiol.'

'Beth yw'r gweddill?' gofynnodd Arwel.

'Does neb yn gwybod.'

Dechreuodd Arwel gerdded yn sionc ar draws llawr y goedwig wrth i Beth esbonio iddo pa mor anodd oedd hi i ddal sombi mewn cyflwr o'r fath. Safodd wrth hen fin sbwriel ar olwynion. 'Ma hwn gyda ni,' meddai Arwel.

'Beth yw e?' holodd Beth.

'Trap sombis, wrth gwrs!' Esboniodd Arwel sut y gwnaeth Gruff a Martin ddyfeisio'r trap a chael eu hunain mewn trafferth gyda'r sombis. Er bod y trap yn swnio fel tipyn o jôc ar y dechrau, fe weithiodd. Roedd Gruff a Martin wedi denu'r sombis, ond y broblem oedd, doedden nhw ddim yn gwybod beth i'w wneud â nhw ar ôl iddyn nhw eu dal.

Gwrandawodd Beth yn ofalus. Doedd hi ddim wedi'i llwyr argyhoeddi y byddai hen fin sbwriel ar olwynion yn ddigon i ddal y sombis, ond doedd ganddi ddim syniadau gwell, a gwyddai fod y sombis yn hoff o'r goedwig. Astudiodd Arwel a hithau'r bin. 'Wrth gwrs,' meddai, 'os mai trap yw e, ma angen abwyd . . . abwyd dynol.'

'Dim problem,' meddai Arwel. 'Dere i gwrdd â fi lan fan hyn fory, cyn i'r ysgol ddechrau. Dwi'n adnabod rhywun sy'n berffaith ar gyfer y dasg. A dweud y gwir, mae'n arbenigwr.'

Pennod 4

'Na, na, na, na, na! Dim o gwbl. Dim o gwbwl, gwbwl,' meddai Gruff.

'Ie, ie, ie,' meddai Arwel.

*

'Wyt ti o ddifri yn dweud wrtha i nad oes dim byd o gwbl i boeni amdano?' gofynnodd Gruff, o waelod y bin sbwriel ar olwynion.

'Byddwn ni'n gefn i ti,' meddai Martin.

'Byddwn ni'n cwato yn y coed,' ategodd Beth, yn gafael yn dynn yn un o'i ffeiliau. Neithiwr roedd yna adroddiad ar *Newyddion S4C* yn disgrifio sut roedd awyren wag wedi cael ei thaflu fel awyren bapur o un pen y maes awyr i'r llall. Roedd arbenigwyr y stiwdio mewn penbleth. Ond roedd Beth wedi gwneud nodyn ohono yn ei ffeil – digwyddiad arall eto'n ymwneud â'r sombis. Roedd hi wedi sylwi bod y triciau roedd y sombis yn eu chwarae yn llawer mwy difrifol a threisgar, ac roedd hyn yn peri gofid.

'Dim ond eistedd yn y bin sydd eisiau i ti ei wneud, a chyn gynted ag y daw sombi heibio, byddwn yn cau'r caead arno, yn troi'r bin ar ei ochr ac yn delio â'r sombi,' eglurodd Martin. 'Cofia – dwyt ti ddim yn gwybod beth yw ofn, Gruff.'

Nodiodd Gruff. Roedd hynny'n wir.

'Iawn,' meddai Arwel wrth i Gruff ddringo allan

o'r bin, 'ddown ni 'nôl 'ma heno, cyn iddi fynd yn rhy dywyll. Fe ddown ni â phopeth fydd ei angen er mwyn i ni allu eu dal nhw ar eu ffordd mas.'

Nodiodd Gruff. Wrth iddyn nhw anelu at Ysgol Gyfun Abererswyd meddai Gruff wrth Martin, 'Dwi ddim yn siŵr am hyn. Beth sy'n digwydd os gwnân nhw ymosod arnon ni fel gwnaethon nhw'r tro diwetha?'

Gwenodd Martin: 'Paid â phoeni, bachan. Cofia, does gen ti ddim meddyliau yn yr isymwybod. Dwyt ti ddim yn becso am bethau fel yna. Does gennyt ti ddim ofn bodau goruwchnaturiol. Dyw poen ddim yn bod – i ti mae'r cyfan yn nonsens.'

Nodiodd Gruff. 'Ie, does dim ofn arna i. Dwi byth yn ofnus. Dwi ddim yn gwybod beth yw bod yn ofnus.' Crynodd yn sydyn.

*

Yn ddiweddarach y diwrnod hwnnw, yn ystod egwyl amser cinio, canfu Arwel ei hun mewn lle roedd bron wedi anghofio amdano – y llyfrgell.

Roedd yno rai plant brwdfrydig yn pori drwy lyfrau ac yn gweithio ar gyfrifiaduron. Fe wnaeth rhai ohonyn nhw ei adnabod a chodi llaw i'w gyfarch. Sylweddolodd Arwel nad oedd ganddyn nhw syniad am ei fethiannau ar y cae rygbi: iddyn nhw, bachgen digon cyffredin yn defnyddio cyfrifiaduron y llyfrgell oedd e. Gwenodd arnyn nhw. Bron na theimlai ei fod yn gweld eisiau'r lle – y silffoedd o lyfrau anniben, y desgiau hirion, glân a'r awgrym lleiaf o arogl cyrri yn y gwynt a ddeuai o ffan y ffreutur tu fas.

Eisteddodd wrth gyfrifiadur a rhoi ei gyfrinair i mewn. Roedd yn rhyfeddu ei fod yn medru ei gofio. Yna dechreuodd chwilio ar y we am wybodaeth am sombis a sut i'w tawelu a'u dofi. Ymddangosodd neges ar ei sgrin. *Arwel, beth wyt ti'n ei wneud?*

Edrychodd Arwel o'i gwmpas. Syllodd yn ôl ar y sgrin. Doedd e ddim yn gwybod beth i'w ddweud. A oedd y cyfrifiadur yn cadw llygad arno? A oedd y sombis yn ei wylio? A oedden nhw tu fewn i'r cyfrifiadur? Teipiodd yn ofalus. 'Dim byd...' yna ychwanegodd, 'llawer'.

Derbyniodd neges yn ôl yn syth: *Dwi ddim yn credu bod hynny'n wir, wyt ti?*

Syllodd Arwel yn syn ar y sgrin. Tapiodd hi â'i law, er mwyn gwneud yn siŵr nad oedd wedi torri.

'Nawr, nawr,' meddai llais tu ôl iddo. 'Rhaid parchu'r offer. Dim fandaliaeth. Dyw chwaraewyr rygbi a chyfrifiaduron ddim fel arfer yn cymysgu. Os nad yw e'n gwrando – rhowch glewt iddo.'

Trodd Arwel ei ben a gweld Beth yn dod ato a'i ffôn symudol yn ei llaw. 'Gest ti fy neges?'

'Sut wnest ti hynny?' holodd Arwel.

'Mae gyda ni rwydwaith yma – mae'r holl gyfrifiaduron wedi'u cysylltu – ac mae fy ffôn i wedi cael ei chynnwys yn y grŵp. Alla i decstio unrhyw un yn y stafell ac mae'r neges yn ymddangos ar y sgrin.'

'Cŵl,' meddai Arwel.

'Mae'n rhwydd. Fe wna i ddangos i ti rywbryd.' Trawodd Beth un o'i ffeiliau ar y ddesg wrth ymyl y cyfrifiadur.

'Beth wyt ti'n credu dwi wedi bod yn ei wneud lan fan hyn yn ystod yr wythnosau diwethaf? Dyma'r ymchwil ar ddala sombis. Mae'r peth yn bosibl, ond bydd yn rhaid i ni fod yn ofalus.'

Eisteddodd Beth ar gadair a dechrau troi tudalennau'r ffeil. 'Ti'n gweld, bydd raid i ni reoli'r sombis fesul un – eu tawelu nhw, fel anifeiliaid anwes. Ti'n deall – siarad yn bwyllog a chadarn a'u gwobrwyo nhw.'

'Gwobrwyo? Gyda rhywbeth fel bisgedi cŵn, ti'n feddwl?' chwarddodd Arwel. 'Ti'n wallgo. Byddan nhw'n ein lladd ni a thaflu'n gweddillion ni ar hyd a lled y goedwig.'

'Mae'r cyflwr maen nhw ynddo yn debyg i'r hyn y mae bleiddiaid yn ei brofi adeg lleuad lawn,' aeth Beth yn ei blaen. 'Mae'r sombi fel blaidd, a'r blaidd fel ci, ac ry'n ni'n rhoi bisgedi iddyn nhw fel gwobr, on'd y'n ni?'

Trodd Arwel rai tudalennau. Roedd yna bytiau ac erthyglau o bob math yn trafod sombis a'u cyflwr meddyliol. Roedd yna hefyd erthyglau am fleiddiaid ac am hyfforddi cŵn. Doedd e ddim wedi cael ei argyhoeddi'n llwyr, ond doedd ganddo 'run syniad gwell. 'Gallaf gael gafael ar fwyd ci gan ffrind Dad,' meddai.

Anwesodd Beth Arwel ar ei ben. 'Dyna fachgen da!'

Pennod 5

Eisteddai Arwel gyferbyn â'i chwaer wrth fwrdd y gegin, a phecyn o gaws Cymreig ar agor o'i flaen. Safai ei dad wrth y ffenest, yn crafu ei ben, tra arllwysai ei fam baned o de yn nerfus i mewn i gwpan.

'Dim gobaith,' meddai Arwel, gan fwyta darn o gaws.

'Paid siarad dwli,' dwrdiodd Tania. 'Dreulies i 'mhen-blwydd yn y gêm rygbi stiwpid yna gyda dy dîm o ffrindiau rhyfedd, felly nawr dwi eisiau gwneud yn iawn am hynny.'

Gosododd Mam baned o de o flaen ei merch. 'Mae'n ddrud iawn.'

'Beth? Wyt ti'n trio dweud nad ydw i ei werth e?' wfftiodd Tania. 'Dyna'r gwir, yntefe: mae Arwel yn cael popeth y mae e eisiau, ond mae unrhyw beth dwi ei eisiau'n *rhy ddrud*!'

'Rygbi oedd 'da Arwel,' meddai Dad, gan droi i wynebu Tania. 'Mae rygbi'n wahanol.'

'Hy! Rhag ofn nad y'ch chi wedi sylwi, Dad, *dwi* ddim yn chwarae rygbi.'

'Wel, ti'n mynd mas gyda Steve. Mae e'n chwarae rygbi,' meddai Arwel.

'Mae Steve eisiau dod hefyd – ry'n ni'n mynd i aros mewn gwesty crand yng Nghaerdydd, a mynd i weld sioe, a chael pryd o fwyd mewn bwyty Eidalaidd.'

'Oes gyda ni unrhyw fwyd ci?' holodd Arwel.

Rhythodd Tania arno. 'Am unwaith, ry'n ni'n mynd i wneud rhywbeth braf gyda'n gilydd fel teulu,' mynnodd. 'Dwi'n ddwy ar bymtheg, ac a bod yn onest, dwi wedi blino clywed fy ffrindiau'n holi pam nad ydw i'n gwneud rhywbeth neis ar fy mhen-blwydd. Aeth Charlotte Colucci i Miami, cafodd Leena Mansoor noson mas mewn stretsh limo ac fe gafodd Nia Perkins-Wiliams gar. Beth ges i? Pen-blwydd trist arall yn sefyll ar ochr cae, a chael mwd ar fy esgidiau.'

'Ond beth am y gost, Tania fach?' holodd Mam. 'Dwi'n gweithio drwy'r dydd yn swyddfa'r cyfreithiwr, ac yn gwneud shiffts yn y dafarn fel mae hi.'

Edrychodd pawb ar Mam.

Crafodd Dad ei ben. 'O, Caerdydd amdani 'te,' meddai. 'Dwi ddim eisiau i Tania feddwl nad yw hi'n arbennig. Tania, ti'n ferch arbennig. Iawn, beth ydyn ni'n mynd i weld?'

'Sioe Andrew Lloyd Webber,' atebodd Tania.

'Mae'n rhaid i mi fynd,' meddai Arwel, gan godi o'r bwrdd.

Sleifiodd mas o'r tŷ ar yr union eiliad y cyrhaeddodd Benbow â bag siopa llawn. Roedd rhyw gynnwrf yn ei lygaid. Brysiodd i mewn i'r tŷ, gan wthio heibio i Arwel heb edrych arno. Yna trodd gan afael yn ei fraich. 'Ydy dy dad i mewn?' holodd yn dawel â llais difrifol.

Pwyntiodd Arwel at y gegin. Doedd e ddim eisiau treulio gormod o amser yng nghwmni Benbow, gan y byddai'r sgwrs yn anorfod yn troi at rygbi. A dweud y gwir, doedd Arwel ddim eisiau gweld pêl rygbi byth eto. Ac yntau'n dair ar ddeg oed, roedd wedi derbyn y ffaith nad oedd yn chwaraewr rygbi da ac wedi penderfynu ymddeol o'r ffurf ddynol ar y gêm.

Llygadodd fag siopa Benbow. 'Oes bwyd ci 'da chi yn fan 'na?'

'Hoff fwyd Bouncer,' meddai Benbow, gan gydio mewn bag o fisgedi.

'Ga i fenthyg rhai?' holodd Arwel.

Cododd Benbow un o'i aeliau mewn penbleth. Roedd y bachgen yn amlwg yn mynd trwy gyfnod anodd. Estynnodd y bag iddo. 'Dim problem o gwbwl, 'machgen i. Ga i ragor yn ddigon rhwydd. Dwyt ti ddim yn mynd i'w bwyta nhw, wyt ti?'

'Diolch,' sibrydodd Arwel, gan gymryd y bag a rhuthro oddi yno.

Pan gyrhaeddodd dŷ Martin, roedd Beth yn disgwyl amdano. Roedd hi hefyd yn dal cwdyn o fisgedi cŵn. Roedd hi eisoes yn dechrau tywyllu a gwynt oer yn chwythu drwy'r dyffryn. Crynodd Arwel ychydig wrth i Gruff a Martin gerdded i fyny tua'r goedwig. Roedd canghennau'r coed yn symud. Crynodd unwaith eto. Roedd yn adnabod y gwynt oer a frathai ei esgyrn. Roedd yr ias yn un gyfarwydd. Roedden nhw wedi dychwelyd. Edrychodd i fyny. Roedd pelydrau melyngoch haul diwedd dydd yn prysur ddiflannu tu ôl i frigau'r pinwydd. Aeth gwefr drwyddo wrth iddo feddwl am gwrdd â hen ffrind.

Cerddodd Arwel yn gyntaf wrth iddyn nhw anelu at ganol y goedwig yn cario bagiau o fisgedi cŵn. Gallai pawb synhwyro'r un peth. Roedd y lle wedi newid. Roedd y lle wedi mynd yn fwy garw, tamp ac oer. Ddywedodd Arwel yr un gair, ond roedd yn dechrau amau a oedden nhw'n gwneud y peth iawn ac a fydden nhw'n llwyddo i ddod mas o'r goedwig yn fyw.

*

Ar y llwybr i'r clwb rygbi yn Aberarswyd, roedd Benbow a Dad yn brasgamu'n gyflym i'r cyfarfod. Roedden nhw mas o wynt ac yn ceisio siarad.

'Diffyg hyder?' wfftiodd Dad. 'Beth mae hynny i fod i feddwl?'

'Maen nhw'n hyderus,' atebodd Benbow. 'Ond sdim hyder gyda nhw ynot ti.'

'Fe roia i "ddiffyg hyder" iddyn nhw,' meddai Dad, a'i dreinyrs yn taro'r palmant. 'Dwi wedi bod gyda'r clwb yma am bron i ddeugain mlynedd.'

'Maen nhw'n credu nad wyt ti wedi bod yn deg. Dy fod ti wedi dangos ffafriaeth at Arwel wrth ddewis y tîm,' meddai Benbow, a'i sgidiau brown yn taro'r llawr wrth i'w goesau byrion geisio cydgerdded â Dad.

'Ddim yn deg, wir?' chwyrnodd Dad. 'Mae gan Arwel ddyfodol disglair.'

Ochneidiodd Benbow. Roedd wedi treulio

dyddiau'n ceisio egluro'r sefyllfa wrth ei ffrind. Roedd e'n gwybod bod holl aelodau'r clwb rygbi yn erbyn dewis Arwel i'r tîm. Roedden nhw'n credu bod y sefyllfa wedi rhoi enw gwael i'r clwb.

Gwthiodd Dad a Benbow ddrws y stafell gyfarfod led y pen ar agor. Roedd y lle'n llawn wynebau difrifol ac anfodlon yr olwg.

Pennod 6

Edrychodd Gruff i fyny o waelod y bin sbwriel. Prin y gallai weld Arwel, Beth a Martin yn syllu arno yn y golau gwan.

'Cofia,' meddai Martin, 'sdim eisiau ofni dim – sdim y fath beth ag ofn.'

'Felly, pam dwi'n cachu brics?' holodd Gruff, yn amlwg wedi cael llond twll o ofn.

'Am dy fod ti'n mynd i gwrdd â sombis gwyllt,' meddai Beth, 'ond paid â phoeni, ni fydd yn gwneud y siarad.'

Anesmwythodd Gruff ar waelod y bin. Roedd hi'n oer ac yn wlyb yno. Roedd e wedi cael llond bol.

'Iawn,' meddai Arwel, 'ry'n ni'n mynd i dy adael di nawr. Byddwn ni'n cuddio yn y coed, yn disgwyl. Pob lwc.'

Aeth Arwel, Martin a Beth i'w llefydd ychydig fetrau i ffwrdd a chyrcydu'n isel. Gafaelai Beth yn ei ffeiliau sombis, a gorweddai Martin ar ei hyd ar lawr. Safai Arwel y tu ôl i goeden fawr yn cadw llygad barcud ar y bin. Roedd wedi bod yn y goedwig ddigon i wybod y gallai hon fod yn noson ddelfrydol ar gyfer gweld sombis. Roedd hi'n oer ac yn dywyll. Fyny fry disgleiriai'r lleuad fel ysbryd arian. Gallai synhwyro presenoldeb y sombis. Gwyddai eu bod yn gwylio hefyd, yn disgwyl am yr eiliad.

Arhosodd y pedwar ffrind yn eu llefydd am

amser hir. Aeth y goedwig yn dywyll. Ond nid ymddangosodd y sombis. Trawodd Martin droed Arwel, gan wneud ystum yn awgrymu eu bod nhw'n gwastraffu eu hamser. Ond doedd Arwel ddim am symud.

Yna popiodd pen Gruff allan o'r bin. Mae'n rhaid ei bod yn hynod o oer yno: roedd ei wyneb yn las. 'Hei fechgyn,' meddai, er mai dim ond coed y medrai eu gweld, 'pryd ga i ddod mas?'

Roedd Arwel ar fin codi a galw ar bawb i roi'r ffidil yn y to pan gamodd ffurf allan o'r gwyll. 'Paid â symud,' hisiodd Arwel.

Ac yntau'n dal ac yn fwdlyd, gwyrodd yr hanner dyn, hanner sgerbwd tuag at y bin. Delme oedd yno. Roedd ei wyneb yn denau a difrifol. Doedd dim arlliw o wên nac unrhyw beth dynol am ei olwg.

Ymddangosodd rhagor o sombis o'r coed. Roedden nhw'n edrych yn waeth na'r tro cyntaf y cyfarfu Arwel â nhw. Roedd eu breichiau pwdr yn sticio allan o'u crysau, eu crwyn yn llysnafeddog wlyb ac roedden nhw'n arogli o fadarch. Teimlai Arwel yn sâl. Gwthiodd Martin yn ôl a gafaelodd Beth yn ei fraich.

'O na,' llefodd Gruff gan ddiflannu i waelod y bin. O'r tu mewn gwaeddodd: 'Martin! Ma ofn arna i. Dwi eisiau dod mas! Dwi *wir* wedi darganfod teimladau dyfnaf fy isymwybod, ac maen nhw'n enfawr...'

Daliodd Arwel Beth yn ôl nes i'r sombis i gyd ymddangos o'r coed.

Wrth i'r sombis wthio ymlaen ac amgylchynu'r bin, edrychodd Delme i mewn iddo. 'Amdano!' gorchmynnodd.

Neidiodd Arwel ar ei draed. 'Na!' gwaeddodd.

Trodd y sombis, ond doedd neb fel petaen nhw'n ei adnabod. Dechreuon nhw chwerthin yn eu ffordd unigryw – rhyw gymysgedd o sŵn fel clegar gwyddau a sŵn clician crafangau crancod.

'Ar ei ôl *e*'n gyntaf,' meddai Delme, gan bwyntio bys esgyrnog at Arwel.

Dechreuodd Martin gropian tuag yn ôl yn araf i ganol y goedwig. Estynnodd Beth am ei ffeil a dechrau troi'r tudalennau â bysedd crynedig. Ond heb lwc.

'Fi sydd yma,' meddai Arwel, gan ddal dyrnaid o fisgedi cŵn uwch ei ben. 'Mae popeth yn iawn. Sdim eisiau cynhyrfu.'

Syllodd Delme arno â'i unig lygad. Crynai hwnnw yn ei soced. 'Mae'n amser i ti ymuno â ni,' hisiodd.

'Arhoswch,' llefodd Arwel. 'Fi sy 'ma, Delme. Sut ma pethau?'

Daliwyd Arwel gan ddau sombi blin, tra gafaelodd un arall mewn pastwn a blaen miniog iddo.

Safodd Beth yn awdurdodol. 'Os gwnewch chi unrhyw ddrwg i Arwel, byddwch chi'n sombis am byth!'

Chwarddodd y sombis. 'Hy! Mae hi ar ben arnom ni eisoes,' meddai Delme.

'Ond Arwel yw'ch capten chi – fe yw'r unig un all eich helpu i ennill gêm ryngwladol.'

Pwysodd Delme yn erbyn y bin.

Cododd Gruff ei ben dros yr ymyl i weld beth oedd yn digwydd.

'Addawoch chi hynny o'r blaen, ond ddigwyddodd dim byd,' meddai Delme.

Gafaelodd dau sombi arall yn Beth. Sgrechiodd wrth iddyn nhw droi'r pastwn i'w chyfeiriad. Ceisiodd Arwel ryddhau ei hunan ond doedd e ddim yn medru dod yn rhydd o'u gafael. Roedd eu dwylo llwyd fel cerrig llysnafeddog oer. Edrychodd mewn arswyd wrth i Beth brotestio. Gallai weld yr ofn yn ei llygaid: roedd hi wedi rhoi'r gorau i feddwl. 'Bisgedi cŵn!' gwaeddodd Arwel.

Am un eiliad fach, roedd Beth mewn penbleth. Roedd cwestiwn yn ei llygaid fel petai'n holi Arwel pam roedd yn trafod bisgedi cŵn a hithau ar fin cael ei tharo gan bastwn un o'r sombis gorffwyll.

Edrychodd Arwel arni a chofiodd yn sydyn. Yn lle ymladd, cododd ei llaw rydd ac anwesu pen y sombi. 'Dyna ni, mwlsyn bach,' ceisiodd Beth ei ddwoud gan guddio'i hofn.

Ysgydwodd y sombi ei ben gan ysgyrnygu dannedd, ond anwesodd Beth ef eto. 'Da iawn, 'machgen i,' meddai wrth i'r sombis eraill gasglu o'i chwmpas.

Y tro yma, wnaeth y sombi ddim gweiddi na sgrechian. Plygodd ei ben yn araf. Daliodd Beth ati i'w anwesu. Wrth i'w llaw gyffwrdd â'i groen llwyd, llysnafeddog, gwnâi sŵn sblatio ysgafn. Roedd y profiad fel cyffwrdd â physgodyn. Symudodd y sombi ei ben i un ochr, yn union fel y byddai ci wedi'i wneud. Roedd hi'n amlwg ei fod yn hoffi'r profiad.

Gwgodd y sombis eraill.

'Dyna ni, dyna fachgen da,' meddai Beth, yn fwy hyderus. Yn ofalus estynnodd am fisgïen o'r bag a oedd yn ei llaw. Cynigiodd un i'r sombi.

Llaciodd gafael y breichiau a fu'n dal Arwel. Yn gyflym, dilynodd Arwel esiampl Beth, gan anwesu'r sombis a chynnig bisgedi cŵn o'i fag. 'Sombis da,' meddai. 'Dyma ni, cymerwch un o'r rhain. Da fechgyn.'

Yn araf, ymdawelodd y sombis, hyd yn oed Delme. Tynnodd Gruff ei hun mas o'r bin a dechrau rhannu bisgedi. Ailymddangosodd Martin o'r coed er mwyn cael gweld beth oedd yn digwydd. Cuddiodd y tu ôl i lwyn deiliog ac edrych yn gegagored ar y sombis yn eistedd ar y llawr yn gwledda tra daliai Arwel, Gruff a Beth i rannu'r bisgedi. Dywedodd un o'r sombis jôc. Chwarddodd un arall.

Ymunodd Delme â'r chwerthin, gan gnoi a nodio'i ben yn werthfawrogol yr un pryd. 'Bisgedi bendigedig,' meddai wrth Arwel. 'Sut oeddet ti'n gwybod ein bod ni'n eu hoffi nhw?'

'Wel – roedd Beth yn gwybod.'

Eisteddodd Beth ar y llawr. Esboniodd sut roedd cyffro ennill y gêm, o bosib, wedi effeithio arnyn nhw. Nodiodd Delme eto a chyfaddefodd fod y sombis wedi treulio'r wythnosau diwethaf yn rhuthro'n wyllt ar hyd cefn gwlad. 'Fel 'na y'n ni weithiau,' meddai. 'Allwn ni golli rheolaeth a bod yn eitha cas.'

Gan fod y sombis bellach wedi callio roedd Arwel yn falch o'u gweld. A Gruff hefyd. Gadawodd Martin ei guddfan a chamu atyn nhw.

'Hei, fechgyn!' meddai. 'Mae'n hyfryd eich gweld chi. Chi'n 'y nghofio i? Fi yw'ch rheolwr chi.'

Atgoffodd Arwel y criw o'r ffaith mai cam yn unig oedd y gêm gyntaf at chwarae'r gêm ryngwladol honno a fyddai'n eu rhyddhau am byth o'r felltith ofnadwy roedden nhw'n ei dioddef.

'Fe drefnwn ni gêm ar eich cyfer chi,' meddai Martin. 'Fe wnewch chi guro tîm tipyn mwy nag Aberarswyd, a dyna chi wedyn. Fe gewch chi chwarae'r gêm ryngwladol honno.'

Ond wrth iddyn nhw drafod y posibiliadau o chwarae gêm arall, daeth cysgod trist dros wyneb Delme.

'Beth sy'n bod?' holodd Arwel.

'Dwi ddim yn siŵr sut mae dweud hyn,' meddai Delme, 'ond dwi ddim yn credu y gwnawn ni chwarae byth eto. Mae rhywbeth wedi digwydd. Mae gyda ni broblem.'

Stopiodd Beth ddosbarthu'r bisgedi.

'Beth?' holodd pawb.

'Ydych chi wedi cyfri faint ohonon ni sy yma?' meddai Delme.

Cyfrodd Arwel y sombis: dim ond tri ar ddeg ohonyn nhw oedd yno.

'Ry'ch chi un yn brin,' meddai Beth.

Cytunodd Delme. 'Rhif Dau. Y Bachwr. Dyw e ddim yma.'

'Fe allwn ni ddod o hyd iddo fe,' meddai Arwel, 'yn gallwn ni?'

Nodiodd Gruff a Martin eu pennau'n araf.

Ond ysgydwodd Delme ei ben yntau. 'Os yw hi'n rhy anodd i ni'r sombis ddod o hyd iddo, does dim gobaith i chi wneud.'

Plygodd rhai o'r sombis eu pennau mewn cywilydd.

'Fedrwch chi ddim fod wedi'i golli,' meddai Arwel.

Cymerodd Delme anadl ddofn. 'Mae'n waeth na hynny. Dwi'n credu ei fod wedi cael ei gipio. Dangoswch iddyn nhw,' meddai, gan droi at Glyn Griffiths, yr Asgellwr Chwim.

Yn ddigalon, tynnodd Glyn ambell gangen oddi ar yr hyn a edrychai fel pentwr o bren. Sgubodd y nodwyddau a'r brigau bach i ffwrdd â'i fraich tan i rywbeth gloyw, disglair ymddangos.

'Waw,' meddai Gruff wrth i Glyn glirio rhagor o ganghennau.

'Lamborghini Gallardo yw e,' meddai Glyn ar ôl gorffen.

Doedd Arwel erioed wedi gweld peiriant mor brydferth. Edrychai'n rhyfedd – yn rhy osgeiddig ac urddasol i fod mewn coedwig dywyll a garw.

'Dwi bron â marw eisiau un o'r rheina,' sibrydodd Martin.

Esboniodd Delme beth oedd wedi digwydd.

'Yn dilyn gêm Aberarswyd,' meddai, 'roedden ni'n teimlo'n wych. Gadawon ni'r goedwig ar ras – rhedon ni dros y bryniau a thrwy'r dyffrynnoedd – aethon ni i bobman. Dyna fel y'n ni'n bihafio ambell waith.'

'Un noson, aethon ni i'r stadiwm fawr. Dringon ni'r waliau fel dynion pry cop gan edrych i lawr o'r to ar y cae a'r pyst islaw. Roedd e'n wych. Dwi'n cofio dweud wrth y bechgyn y bydden *ni*'n troedio'r cae yna ryw ddydd ac yn ennill ein gêm ryngwladol. Yna disgynnon ni oddi ar y to a sefyll ar y cae, yn mwynhau'r profiad. Dwi'n cofio edrych o 'nghwmpas ar y saith deg mil o seddau gweigion, yn breuddwydio am y diwrnod y byddem ni yno o flaen torf swnllyd. Ond yna digwyddodd rhywbeth.'

'Roeddwn i wedi mynd tu fas i'r stadiwm,' meddai Glyn, 'ac wedi dod ar draws y Lamborghini . . .'

'Dyna pryd gafodd Rhif Dau ei gipio,' ochneidiodd Delme. Roedd y sombis eraill wedi bod wrthi'n rhedeg o gwmpas y cae fel yn yr hen ddyddiau. Roedd Delme'n credu efallai iddo weld ffigwr yn eistedd i fyny'n uchel yn yr eisteddle yn eu gwylio nhw. Ond doedd e ddim yn siŵr. Roedd eraill yn credu iddyn nhw weld ffigwr tywyll, annelwig yn sefyll ger yr ystlys. Yn ddiweddarach, dywedodd rhai o'r sombis eu bod nhw'n amau iddyn nhw weld rhywun yn siarad â'r Bachwr. Dywedodd eraill iddyn nhw ei weld yn cael ei arwain oddi ar y cae, yn benisel, fel tase fe wedi cael ei anfon i'r gell gosb.

Yr unig beth allen nhw fod yn siŵr ohono oedd

bod Rhif Dau wedi diflannu. Er chwilio'r stadiwm o un pen i'r llall, doedden nhw ddim wedi llwyddo i ddod o hyd i ddim ar wahân i Glyn a'r Lamborghini.

'Pwy fyddai eisiau cipio Rhif Dau?' holodd Delme.

Gwrandawodd Arwel, Beth, Gruff a Martin ar y stori'n ofalus. 'Falle ei fod wedi cyffroi gormod ac wedi mynd i grwydro,' awgrymodd Martin.

'Na,' meddai Delme. 'Y ffigwr yn yr eisteddle. Gormod o gyd-ddigwyddiad. Roedd Rhif Dau wedi cael ei gipio.'

Ddywedodd Arwel ddim byd ond sylweddolodd fod ofn ar y sombis. Edrychodd ar eu hwynebau wrth i Delme siarad yn dawel am y bachwr a oedd ar goll a sylwi pa mor ofnus oedden nhw. Os oedd Delme wedi dychryn, meddyliodd, mae'n rhaid bod y sefyllfa'n wael – yn wael iawn.

Pennod 7

Sgrialodd Arwel rownd y cornel ac i mewn i Stryd Trychineb. Roedd e'n hwyr. Agorodd ddrws y ffrynt a chamu i mewn i'r tŷ ar flaenau ei draed. Roedd e'n disgwyl y byddai pawb yn cysgu. Ond i'r gwrthwyneb, roedd y tŷ yn crynu. Roedd Dad wrthi'n taro'r drymiau mor galed ag y medrai. Brysiodd Arwel i fyny'r grisiau i ddarganfod beth oedd yn digwydd ond cafodd ei rwystro rhag cyrraedd y stafell ddrymiau gan Mam. Safai ar y landin yn ei gŵn nos, yn cnoi ei hewinedd.

'Beth sy'n mynd mlaen?' gwaeddodd Arwel dros sŵn y symbalau a'r drymiau'n cael eu clatsio.

'Mae dy dad wedi colli'i le ar y pwyllgor,' meddai Mam. Edrychai'n flinedig ac yn ofidus. Wnaeth hi ddim hyd yn oed gofyn i Arwel ble roedd e wedi bod. Wrth iddo fynd i'w stafell fe waeddodd Tania o'i stafell wely hithau, 'Rho stop ar sŵn Dad, wnei di?'

Ond fedrai neb wneud dim. Yn y diwedd aeth pawb i'w stafelloedd i geisio cysgu drwy'r twrw. Er y sŵn, ni fedrai Arwel feddwl am drafferthion ei dad. Wnaeth e ddim meddwl mai fe, o bosib, oedd y rheswm pam iddo gael ei fwrw mas o'r pwyllgor. Fedrai e ddim cael stori Delme allan o'i feddwl: gwnâi i drafferthion ei dad ymddangos yn dipyn ysgafnach.

Bu Arwel yn meddwl am y bachwr drwy'r nos.

Doedd rhywun neu rywbeth ddim eisiau i'r sombis chwarae rygbi.

*

Drannoeth, wrth iddo frysio drwy giatiau'r ysgol, gallai Arwel weld yr athrawon yn parcio'u ceir. Roedd rhai ohonyn nhw'n edrych arno, ambell un yn amheus ei olwg, cyn iddyn nhw ruthro i'r stafell athrawon yn drymlwythog o fagiau. Roedd Arwel yn gynnar.

Tu fewn i'r prif adeilad, camodd ar hyd y coridor hir, heibio'r labordai iaith tua'r stafelloedd newid. Eisteddodd ar y fainc o dan yr hysbysfwrdd a disgwyl. Ar ôl deng munud gwelodd ffigwr mewn tracwisg werdd yn camu tuag ato. Mr Edwards oedd yno. Wrth iddo agosáu roedd yn bownsio pêl-fasged ar y llawr pren.

'Bore da, Arwel,' meddai. 'Wedi dod i ymddi-heuro?' gwenodd. 'Paid â phoeni, fachgen. Mae pob chwaraewr yn mynd trwy gyfnodau gwael pan nad yw'n medru cicio pêl yn syth. Fe ddigwyddodd e i mi,' meddai gyda balchder. 'Mae chwaraewyr yn colli eu hyder, yn bwyta gormod, maen nhw'n dechrau ymddiddori mewn dawnsio – mae rygbi yn gofyn am ymroddiad gant y cant. Fe wnei di wella ac ailddarganfod y ddawn.'

Er mwyn pwysleisio'r pwynt gollyngodd y bêl ar y llawr. 'Ti'n gweld,' meddai, 'mae popeth yn bownsio 'nôl.'

Doedd Arwel ddim eisiau siarad am ei yrfa rygbi ond roedd gan Mr Edwards ei agenda ei hun. 'Nawr falle fod hyn yn swnio'n hallt, ond mae'n deg. Dyna fy ffordd i. Fedri di ddim chwarae i'r tîm cyntaf, yr ail, na'r trydydd. Ond gelli di ddod i ymarfer. Mae angen i ti ddod yn fwy hyderus. Mae dy ymroddiad yn gant a deg y cant – na, mae'n fwy, mae'n ddau gant a deg y cant – ond mae dy sgiliau di'n ddifrifol. Dwi hyd yn oed yn cael fy nhemtio i roi marc llai na sero iddyn nhw ar y funud. Wyt ti'n deall?'

Nodiodd Arwel yn ddiflas.

'Wyt ti'n gwybod beth yw marc sy'n llai na sero?' holodd Mr Edwards, wrth iddo ddatgloi drws ei 'swyddfa', neu'r stafell fach rhwng y stafelloedd newid a'r gampfa.

Ysgydwodd Arwel ei ben.

'Y man lle mae presenoldeb chwaraewr ar y cae yn rhoi pwyntiau i'r gwrthwynebwyr. Ac mae un o'r tîm yn gwneud i weddill y bechgyn chwarae'n waeth. Byddai chwaraewr fel ti, ar y funud, yn achosi i ni golli tua ugain o bwyntiau. Dy'n ni ddim yn ddigon cryf i dy gario di. Wyt ti'n deall beth ydw i'n ei ddweud?'

Taflodd y bêl-fasged at Arwel. Daliodd yntau hi wrth i Mr Edwards edrych ar ei amserlen. 'Daliad da,' meddai rhwng ei ddannedd wrth iddo ddarllen.

'Mae gen i gwestiwn am reolau rygbi,' meddai Arwel.

Edrychodd Mr Edwards i fyny o'i bapur. Roedd ei lygaid yn sgleinio. '*Deddfau* rygbi, ti'n feddwl,'

45

cywirodd ef, gan gydio mewn cyfeirlyfr o silff uchaf y cwpwrdd. 'Dyma'r beibl rygbi, Arwel. Os oes gennyt ti broblem, fe alla i dy sicrhau di y bydd yr ateb yn hwn. Gwenodd wrth iddo fodio'r tudalennau. 'Dwyt ti ddim yn meddwl troi'n ddyfarnwr? Does dim rhaid bod yn chwaraewr da er mwyn dyfarnu. Rhaid bod yn gall. Rwyt ti'n ddigon call – pryd wyt ti eisiau dechrau?'

Doedd Arwel ddim eisiau bod yn ddyfarnwr. 'Cwestiwn am fachwyr sy gen i, dyna i gyd.'

'Deddfau 3.5 a 3.13. Cer yn dy flaen,' meddai Mr Edwards yn fodlon, gan eistedd a rhoi ei draed ar y ddesg a phwyso ar ddwy goes ôl y gadair.

'Beth sy'n digwydd os oes gennych dîm o bymtheg o chwaraewyr ond dim bachwr?' holodd Arwel.

'Rhwydd,' meddai Mr Edwards, bron yn siomedig. 'Fedrwch chi ddim chwarae. Dim ond "chwaraewyr profiadol...addas" sy'n gallu bod yn eilyddion i aelodau'r rheng flaen, y ddau brop a'r bachwr.'

'Felly, os nad oes gyda chi fachwr profiadol, rhif dau, sy wedi cael hyfforddiant addas, chewch chi ddim chwarae?'

'Wel, allwch chi gael sgrymiau mewn gêm gyfeillgar ...ond chewch chi ddim gwthio na chystadlu am y bêl, felly dyw hynny ddim yn ddelfrydol.'

'Beth am gêm ryngwladol?' holodd Arwel.

'Anghofia fe,' meddai Mr Edwards. 'Yn syml, heb fachwr allwch chi ddim chwarae rygbi.'

Nodiodd Arwel, heb ddweud diolch, a brysio i

lawr y coridor gan adael Mr Edwards yng nghanol ei
ddeddfau rygbi.

Pan gwrddodd Arwel â Gruff a Martin yn nes
ymlaen, sombis oedd testun eu sgwrs. Roedden nhw
eisiau dychwelyd i'r goedwig i drefnu gêmau, ac i
yrru'r Lamborghini. Ond doedd Arwel ddim mor siŵr.
Roedd yn deall erbyn hyn na fyddai cyfle i'r sombis
chwarae heb fachwr, a dyna oedd y gwir reswm pam
roedden nhw'n ddryslyd ac wedi gwylltio.

Pennod 8

Cyrhaeddodd Arwel adre y noson honno i ganol anhrefn. Roedd drws y ffrynt ar agor a'r tŷ yn llawn pobl. Roedd Mam yn paratoi'r te ac roedd Tania'n eistedd wrth fwrdd y gegin yn crio. Safai Steve, ei chariad, y tu ôl iddi a golwg ddifrifol ar ei wyneb, tra oedd Benbow'n cerdded o gwmpas mewn cylch bach ger y tegell. Eisteddai ei gi, Bouncer, ger y rheiddiadur. Doedd dim arwydd o Dad.

'Doedden ni ddim eisiau codi ofn arnat, Arwel,' meddai Mam, 'ond dy'n ni ddim yn gwybod ble mae dy dad.'

'Mae e wedi diflannu,' meddai Benbow. 'Wedi cael sioc ar ôl cael ei daflu oddi ar y pwyllgor.'

'Dwi ddim wedi cysgu winc,' llefodd Tania, 'a nawr mae Dad wedi diflannu – wedi rhedeg bant, siŵr o fod.'

Estynnodd Mam baned o de i Arwel. Roedd hi'n edrych yn ofnadwy. Daliodd ddarn bach o bapur i fyny o'i blaen. Arno roedd Dad wedi ysgrifennu'r geiriau, 'Hwyl Fawr', mewn ysgrifen flêr iawn, a'i lofnodi, 'Mr Rygbi'.

'Dy fai di yw hyn,' meddai Tania, gan edrych yn ofalus ar Arwel.

Nodiodd Benbow, gan ychwanegu'n gyflym nad oedd yn deg beio Arwel.

'Taset ti heb chwarae mor wael, byddai Dad yn dal

ar y pwyllgor a byddem ni'n dal yn mynd i Gaerdydd i weld y sioe,' griddfanodd Tania.

'Paid â bod mor hunanol,' meddai Mam.

'Wel, mae e wedi digwydd eto. Pryd bynnag dwi eisiau gwneud rhywbeth, mae *e*'n difetha popeth.' Pwyntiodd Tania fys cyhuddgar at Arwel.

Rhoddodd Steve ei fraich am Tania. 'Nid Arwel sydd ar fai – dyw e ddim yn dda iawn am chwarae rygbi. A dyna'r cyfan sydd i'w ddweud.'

'Fe ofynnais iddo fe beidio â newis i,' cwynodd Arwel, 'ond wnaeth e ddim gwrando.'

'Dwi wedi galw'r heddlu,' meddai Mam. 'Maen nhw'n anfon rhywun draw. Dwi'n nabod dy dad, Arwel. Mae e wedi rhedeg bant. Mae e wedi bod ar ei draed drwy'r nos, yn poeni nes ei fod e'n sâl.'

Gorffennodd Benbow ei baned. 'Iawn,' meddai. 'Dwi'n mynd am dro bach o gwmpas ei hoff lefydd.'

'Ddylai hynny ddim cymryd yn hir,' meddai Arwel. 'Yr unig le mae e'n ei hoffi yw'r clwb rygbi, a go brin y bydd e yno.'

Cododd Benbow a cherdded yn gyflym drwy'r cyntedd. Dilynodd Bouncer, braidd yn anfoddog.

'Cadwch mewn cysylltiad,' gwaeddodd Mam.

Daliodd Benbow ei ffôn symudol uwch ei ben.

Aeth y gegin yn ddistaw. Teimlai Arwel yn annifyr. Ddywedodd neb wrtho am beidio â gofidio. Ddywedodd neb wrtho nad ei fai ef oedd y cyfan. 'Nid fy mai i yw e,' gwaeddodd yn sydyn gan redeg allan i'r cyntedd. Tu ôl iddo, gallai glywed ei chwaer yn esbonio pam ei fod yn fachgen od a hunanol.

Crwydrodd Arwel strydoedd Aberarswyd, yn hanner chwilio am ei dad, a hanner osgoi mynd adre. O'r diwedd, wrth i oleuadau'r stryd oleuo, canfu ei hun yn stryd Beth. Brysiodd at ei thŷ a churo'r drws.

Ei mam atebodd. Gwenodd a gwahodd Arwel i mewn. 'Mae Beth yn y stafell deledu. Hoffet ti gael bisged neu rywbeth?'

Camodd Arwel i'r tŷ cynnes a thaclus â'i garpedi meddal, trwchus. Ysgydwodd ei ben.

'Fe glywes i am dy dad,' meddai mam Beth wrth i Arwel gerdded ar hyd y cyntedd. 'Mae'r hanes ar led. Cafodd Mr Rygbi ei daflu allan o'r pwyllgor a nawr mae e ar goll.'

'Nid fi sydd ar fai,' cwynodd Arwel.

'Dwi'n gwybod hynny, Arwel bach. Sut allet ti fod ar fai?' Estynnodd ei llaw i'w gysuro.

Daeth Arwel o hyd i Beth ar y soffa a'i gliniadur o'i blaen. Edrychodd arno. 'Ro'n i'n meddwl falle y byddet ti'n galw,' meddai. 'Newyddion drwg. Ond dwi ddim yn credu bod dy dad wedi mynd yn bell. Mae'n siŵr mai cerdded y bryniau mae e. Sdim angen i ti boeni gormod.'

Nodiodd Arwel yn ofidus.

'Ddylet ti boeni mwy am y boi wnaeth herwgipio Rhif Dau,' meddai. 'Mae sombis yn greaduriaid reit syml: yn hanner dynol ac wedi'u melltithio.

Maen nhw'n gryf, ond yn wan ar yr un pryd...ti'n gwybod ...' cliciodd ei bysedd wrth iddi geisio dod o hyd i air addas.

'Clyfar?' meddai Arwel. 'Dwi erioed wedi clywed am sombi lwyddodd i gael A seren.'

Nodiodd Beth ei phen yn cytuno ond doedd gan Arwel ddim diddordeb yn yr hyn oedd ganddi i'w ddweud. Roedd am iddi fod yn dawel. Roedd ei dad ar goll. Roedd e eisiau mynd i chwilio amdano.

Ond roedd gan Beth fwy o ddiddordeb yn y sombis. 'Maen nhw ar eu gorau mewn tîm. Ar eu pennau eu hunain maen nhw'n mynd braidd yn isel eu hysbryd. Nawr, pwy bynnag sydd wedi cipio'r bachwr, mae'n rhaid ei fod yn eitha clyfar. Tasen i ddim yn adnabod y sombis cystal, fyddai dim gobaith gyda ni o gael gafael ar 'run ohonyn nhw. Ond mae'r person yma'n ymddangos, yn gweld Rhif Dau ac yn ei arwain e i ffwrdd fel...'

'Fel ci Benbow,' meddai Arwel yn ofalus. 'I ble wyt ti'n credu mae Dad wedi mynd?'

'Dychmyga fod yn ddigon pwerus i reoli sombi,' aeth Beth yn ei blaen fel tasai hi heb ei glywed. 'Ti'n gweld, dyw Rhif Dau ddim yn foi bach – mae'n un o'r rheng flaen. Gan bwy neu beth fyddai'r math yna o bŵer neu ddylanwad?'

Ceisiodd Arwel wrando wrth i Beth rygnu ymlaen ac ymlaen am greaduriaid o'r isfyd a phwy oedd yn rheoli pwy, ond fedrai e ddim canolbwyntio gan ei fod yn meddwl am ei dad. Roedd yn siŵr nad oedd wedi mynd yn bell, ond roedd hefyd yn gwybod mai colli ei le ar bwyllgor y clwb rygbi oedd y peth gwaethaf a allai ddigwydd iddo. Ac ar un olwg, Arwel oedd ar fai. Wedi'r cyfan, fe oedd yr un a oedd wedi gollwng y bêl. Fe oedd yr un a oedd wedi siomi Mr Rygbi.

Roedd Beth yn dal i siarad, yn ceisio dirnad pa fath o greadur goruwchnaturiol a allai reoli sombi cryf fel Rhif Dau.

'Mae'n rhaid i mi fynd,' meddai Arwel yn sydyn.

'Ti'n mynd i chwilio am y bachwr? holodd Beth. 'Ga i ddod?'

'Na,' meddai Arwel. 'Dwi wedi cael digon. Dwi eisiau bod ar fy mhen fy hun. Dwi'n mynd i chwilio am Dad.'

'Fe ddof i hefyd,' mynnodd Beth.

'Na,' meddai Arwel, 'gad lonydd i fi.' Cododd a brysio heibio mam Beth a oedd yn wên o glust i glust ac yn cario plataid o fisgedi.

Aeth allan o'r tŷ.

Pennod 9

Doedd Arwel ddim yn meddwl bod angen iddo ymuno â'i deulu a Benbow i grwydro'r strydoedd yn chwilio am ei dad. Ond doedd e ddim eisiau eistedd yn siarad am sombis chwaith. Roedd Mr Rygbi mewn trafferth ac roedd Arwel yn gwybod pam. Oni bai ei fod wedi gofyn iddo drefnu'r gêm gyntaf yna yn erbyn y sombis, byddai ei dad ar y pwyllgor o hyd.

Crwydrodd drwy'r gwyll, yn hanner chwilio a meddwl am yn ail. Cyrhaeddodd y clwb rygbi. Roedd y cae'n wag. Cerddodd Arwel at y llinell gais a sefyll o dan y pyst. Llifodd atgofion o'r fuddugoliaeth a gafodd ef a'i dîm o sombis yn erbyn Aberarswyd.

Yn y pellter, heibio'r eisteddle a'r llifoleuadau, llifai'r afon. Roedd hi wastad yn dywyll yno. Pan oedd Arwel yn blentyn byddai ei dad yn arfer mynd ag ef yno i bysgota am lyswennod.

Sgrialodd i lawr at lan yr afon, gan ddilyn llwybr drwy'r drain at y man lle roedden nhw'n arfer pysgota. Câi'r man lle fydden nhw'n eistedd ganol haf ei warchod yn rhannol gan wreiddiau coeden anferth. Nawr roedd hi'n anodd ei weld. Dim ond ychydig o oleuni a ddeuai o'r goleuadau stryd ar y lan gyferbyn. Roedden nhw'n disgleirio ar yr afon lydan, lwyd fel boliau pysgod.

Edrychodd Arwel unwaith eto ar y gwreiddiau. Gwelodd ryw fath o ffigwr yno. Edrychai fel corrach bach o'r ardd wedi cael ei lapio mewn clogyn o wreiddiau. Syllai i'r dŵr arian, du. Yno, yn ei hoff dracwisg, a'i ben yn ei ddwylo, roedd Dad.

'Arwel, beth wyt ti'n ei wneud 'ma?' holodd gan sgubo'i law ar draws ei wyneb.

'Dim syniad,' meddai Arwel. 'Ddrwg gyda fi glywed am y pwyllgor.'

'Mae pawb yn y dref wedi clywed. Dwi wedi bod yn cuddio i lawr fan hyn er mwyn osgoi pawb. Does dim gyda fi i'w ddweud.'

'Ai fi oedd ar fai eich bod wedi colli'ch lle?' holodd Arwel, gan eistedd gyda'i dad ar y lan.

'Na,' meddai Dad, gan roi ei law ar ben Arwel. 'Colli fy lle wnes i oherwydd i mi dy ddewis di i'r tîm.'

Wnaeth hynny ddim gwneud i Arwel deimlo'n well.

'Ar ôl deugain mlynedd maen nhw wedi cael gwared arna i achos un gêm wael... dyna drist.'

'Beth fyddech chi'n ei ddweud tasen i'n gallu'ch cael chi 'nôl ar y pwyllgor?' holodd Arwel.

Edrychodd Dad ar draws y cae at y clwb. 'Wedi'r cyfan sy wedi digwydd, fyddai gen i ddim diddordeb.'

'Ond dyna lle mae eich ffrindiau chi i gyd – Benbow, Huw – maen nhw i gyd yn perthyn i'r clwb. Fedrwch chi ddim rhoi'r ffidil yn y to. Fedrwch chi ddim cerdded bant a chuddio ar lan yr afon fel hyn,' meddai Arwel.

Edrychodd ei dad arno a gwenu. 'Weithiau mae'n

rhaid i ti gydnabod dy fod wedi cael dy guro, a bod tro rhywun arall wedi dod i fod yn Mr Rygbi.'

'Ond *chi* yw Mr Rygbi, yr un go iawn, a dwi'n mynd i'ch cael chi 'nôl ar y pwyllgor. Fy mai i yw e eich bod wedi cael eich taflu mas,' meddai Arwel.

'Alli di ddim gwneud dim. Does gen ti ddim dylanwad.'

'Iawn,' meddai Arwel. 'Beth am fod yn aelod o bwyllgor arall? Gewch chi fod ar bwyllgor 'y nhîm i.'

Gwenodd Dad, er mwyn ceisio dangos i Arwel nad oedd yn rhy isel ei ysbryd. 'Hmmm ...'

'Dewch gyda fi nawr, Dad,' meddai Arwel, gan arwain ei dad o lan yr afon.

'I ble y'n ni'n mynd?'

'Mae'n tîm ni un yn brin ac yn ôl deddfau 3.5 a 3.13, chawn ni ddim chwarae heb fachwr profiadol sy wedi cael hyfforddiant priodol.'

'Ti'n hollol iawn, Arwel. Da iawn ti,' meddai Dad. 'Ond pam na chawn ni rywun arall yn ei le?'

'Does gan y tîm yma ddim eilyddion – maen nhw'n chwarae gyda'i gilydd neu ddim yn chwarae o gwbl,' meddai Arwel. 'Mae'n rhaid i ni ddod o hyd i'n bachwr ni, Rhif Dau.'

Daeth gwên i wyneb Dad. Roedd e'n hoffi'r syniad. 'Gyda'n gilydd – mewn undeb mae nerth,' meddai wrth i'r ddau ddringo a cherdded yn ôl i fyny'n ofalus drwy'r tyfiant a'r perthi at y clwb rygbi.

'Sefwch eiliad,' torrodd llais ar eu traws ac ymddangosodd rhywun o'r tu ôl i un o'r perthi.

Daliodd Arwel ei anadl, a syllodd ei dad i'r gwyll. Camodd ffigwr bach i'r golwg yn dal ffeil.

'Beth! Beth wyt *ti*'n ei wneud fan hyn?'

'Fe ddilynais i di. Yn gyntaf, dwyt ti ddim yn cael gadael y tŷ heb ddweud diolch wrth Mam am gynnig bisgedi, ac yn ail dwyt ti ddim yn cael dweud wrtha i am stopio ceisio dod o hyd i'r bachwr ac yna'n mynd i chwilio amdano dy hunan. Dwi'n dod gyda ti.'

'Does dim angen i ti,' meddai Arwel.

'Dwi'n meddwl bod yna,' anghytunodd Beth. 'Does gan dy dad ddim syniad beth yw'r pwerau sy'n eich erbyn ac ry'ch chi wedi bod mor bathetig yn ddiweddar fel ei bod yn debygol y gallech chi gael eich troi yn sombis eich hunain.'

Doedd Dad ddim yn deall. 'Am beth y'ch chi'n sôn?'

'Dim byd,' meddai Beth. Roedd hi'n benderfynol. Roedd ei thrwyn yn troi'n goch yn yr awyr oer a fflachiai ei llygaid glas. Roedd hi'n grac.

'O'r gorau,' ochneidiodd Arwel. 'Fe gei di ddod gyda ni.'

'Fyddai gwahaniaeth gyda chi esbonio'n union beth sy'n mynd ymlaen?' meddai Dad. 'Dwi'n teimlo'n isel. Dwi wedi rhedeg i ffwrdd.'

Siaradodd Beth cyn i Arwel agor ei geg. 'Mae'n flin gen i am hynny, ond mae yna rai pethau sy'n rhaid i ni eu cadw'n gyfrinachol. Fedrwn ni ddim dweud yn union beth sy'n digwydd, ond gallwn ni ddweud ein bod wedi colli ein bachwr, Rhif Dau. Ble fyddech chi'n cuddio bachwr?'

Meddyliodd Dad wrth iddyn nhw gerdded 'nôl i'r cae. 'Wel,' meddai, 'nid fan hyn. Ry'n ni'n colli peli byth a beunydd yn yr afon adeg gêm. Ma pobol yn dod draw fan hyn o hyd i drio cael hyd iddyn nhw. Edrychwch.'

Roedd siapiau hen beli rygbi i'w gweld yng nghanol y drysni a'r tyfiant ar y lan gyferbyn.

'A fydden i ddim yn ei gadw yn y dre, achos byddai pobl yn ei glywed e'n ceisio dianc. Peidiwch ag anghofio ei fod e'n hynod o gryf, felly byddai angen rhywle diarffordd, ymhell o bobman ac anodd dianc ohono. Byddwn i'n ei gadw mewn twll yn y ddaear,' chwarddodd Dad, 'un dwfn iawn.'

Sgrialodd Beth yn ei blaen gan geisio gwneud nodiadau yn ei ffeil. 'Does gen i ddim nodiadau am dyllau yn y ddaear.'

'Weithiau,' meddai Dad, 'dyw'r ateb ddim ar y we, Beth fach. Gallai fod o dan eich traed. Mae gen i lyfr adre. Gei di ei fenthyg e os wyt ti eisiau.' Roedd Dad mewn gwell hwyliau. Neidiodd i fyny o lan yr afon i'r cae. Dilynodd Arwel ef.

'Beth mae e'n ei feddwl?' holodd Beth.

'Dim syniad,' meddai Arwel.

Pennod 10

Pan gyrhaeddodd Arwel a Dad adref, cafwyd ochenaid fawr o ryddhad. Cofleidiodd Mam a Tania'r ddau. Cododd yr heddwas ei ysgwyddau, gorffen ei de a pharatoi i adael.

'Da bo,' meddai'r heddwas. 'Os diflannith unrhyw un arall, cysylltwch ar unwaith.'

Yna dechreuodd pawb ddweud y drefn wrth Dad am ddiflannu a bod mor anghyfrifol. Ymddiheurodd yntau gan ddweud na fyddai'n gwneud y fath beth byth eto. Addawodd beidio â chwarae'r drymiau chwaith. Dywedodd hefyd, fel aelod newydd, ac yn wir, unig aelod Pwyllgor Tîm Rygbi'r Sombis, y byddai'n trefnu gêm ar gyfer ei dîm a fyddai'n eu rhoi ar y map ac yn dangos i Bwyllgor Clwb Rygbi Aberarswyd gymaint o gamgymeriad yr oedden nhw wedi ei wneud.

Yna aeth ag Arwel i fyny i'r stafell ddrymio.

'Does dim hawl gyda chi i chwarae'r drymiau – dim rhagor o guro cyntefig,' meddai Arwel.

Edrychodd Dad ar ei fab. 'Mae gen i deimlad fod rhywbeth arbennig am y bachwr 'na sy ar goll. Mae'n amlwg eich bod chi ei angen. Allwch chi ddim chwarae gêm hebddo fe,' meddai, gan dynnu llyfr oddi ar y silff a oedd tu ôl y cit drymiau. 'Dwi ddim yn darllen llawer, ond falle y gallai'r llyfr yma fod o help. Cymer gip arno a dwed beth wyt ti'n ei feddwl. Benbow roddodd e i fi.'

Cydiodd Arwel yn y llyfr. Clawr papur oedd iddo, a phrint mân a lluniau du a gwyn. *Hanes Aberarswyd* gan Carlos M. Benbow oedd y teitl.

Darllenodd Arwel enw'r awdur yn uchel.

'Tad Benbow,' meddai Dad yn barchus. 'Roedd e'n ddyn clyfar. Os wyt ti eisiau gwybod ble allet ti guddio'r bachwr colledig, bydd hwn yn siŵr o daflu goleuni ar y mater.'

*

Er na chafwyd unrhyw ddrymio y noson honno, chysgodd mo Arwel na'i dad. Roedd un yn ceisio penderfynu pa stadiwm fyddai orau ar gyfer gêm nesaf y sombis a'r llall yn darllen *Hanes Aberarswyd*.

Pennod 11

Wrth iddyn nhw gerdded o Ysgol Gyfun Aberarswyd ar ddiwedd dydd, esboniodd Arwel ei gynllun wrth Gruff, Martin a Beth. Doedd gan Martin a Gruff fawr o feddwl ohono. Roedden nhw wedi treulio'r noson cynt gyda'r sombis yn y goedwig.

'Roedden nhw'n pathetig,' meddai Martin. 'Fydden nhw ddim yn codi ofn ar lygoden.'

'Ro'n i'n eu hoffi nhw'n fwy pan oedden nhw'n fwy dychrynllyd,' meddai Gruff. 'Dyw bod yng nghwmni sombis isel eu hysbryd ddim yn hwyl o gwbl. Dim ond cwyno y maen nhw'n ei wneud. Doedden nhw ddim hyd yn oed yn fodlon i mi yrru'r Lambo.'

'Dyna pam ein bod ni'n mynd i ddod o hyd i Rif Dau,' meddai Arwel. 'Ni'n mynd i roi'r tîm 'nôl at ei gilydd.'

'Ond...' mentrodd Beth, 'ble y'n ni'n mynd i chwilio amdano?'

'Mewn twll yn y ddaear. Ble well i guddio sombi?'

'Pa fath o dwll? Draen?' holodd Gruff.

Ddywedodd Arwel ddim byd. Cerddodd ymlaen a dilyn y gweddill. Rhuthrodd y criw heibio'r cae rygbi, heibio Rhodfa Tom Jones a'r tai newydd a oedd yn arwain i'r ffordd fawr ac allan ar hyd yr heolydd i gefn gwlad. Aethon nhw yn eu blaenau nes iddyn nhw ddod at ffens fetel ac arni'r arwydd rhydlyd, 'Tir Preifat – Cadwch Draw'.

'Beth yw hwn?' holodd Martin. 'Dwi ddim wedi sylwi ar hwn o'r blaen.'

'Na finnau chwaith,' meddai Arwel. 'Ond dwi'n gwybod bod yna hen bwll glo tu draw i'r ffens. Darllenais amdano yn y llyfr ges i gan Dad. Mae'r lle wedi cau ers blynyddoedd.'

Gwenodd Beth. 'Wyt ti'n credu mai dyna beth oedd awgrym dy dad pan ddywedodd e y byddai twll yn y ddaear yn lle da i guddio rhywun?' holodd.

'Y twll mwyaf y gallwn i feddwl amdano,' meddai Arwel. 'Taswn i eisiau cuddio blaenwr pymtheg stôn, byddwn i'n chwilio am le dwfn iawn ac anodd iawn dod ohono.'

'Ond mae'n rhaid bod yna gannoedd o hen byllau o gwmpas yr ardal 'ma,' meddai Martin. 'Beth sy mor arbennig am hwn?'

'Mae'r mwyafrif wedi cael eu llenwi erbyn hyn,' meddai Arwel. 'Dyma'r unig un yn yr ardal yma sydd yn dal ar agor.'

'Pam hynny?' gofynnodd Gruff.

'Yn ôl Carlos M. Benbow roedden nhw'n eisiau ei gadw fel yr oedd am mai dyma un o'r ychydig byllau lle nad oedd yna drafferthion â nwy.'

'Yn wahanol i Gruff, 'te,' chwarddodd Martin.

Anwybyddodd Arwel y sylw. 'Dechreuon nhw fynd ati i wneud gwaith cynnal a chadw arno, ond aeth yr arian yn brin, ac erbyn heddiw mae e wedi mynd yn angof,' meddai, gan graffu ar hyd y ffens am ffordd i mewn. O'r diwedd daeth o hyd i dwll.

Gwthiodd drwy'r bwlch gan arwain y criw at glwstwr o adeiladau a oedd wedi cael eu hanner gorchuddio gan iorwg.

'Dere, Gruff,' meddai Arwel. 'Gwthia!'

'Mae'n iawn i ti – rwyt ti'n llai na fi. A fedra i ddim gweld.'

Roedd hi'n dechrau tywyllu, felly cyneuodd Arwel ei dortsh. Hedfanodd ystlumod yn isel uwch eu pennau. Gwyrodd Martin ymlaen gan roi sgrech fach ryfedd. Chwarddodd Gruff a Beth.

'Dwyt ti ddim wedi cael ofn unwaith eto, wyt ti?' chwarddodd Beth.

'Na 'dw,' atebodd Martin yn dawel.

'Rhedeg bant wnest ti pan ddaeth y sombis,' meddai Gruff.

'Tactegau, dyna i gyd,' nododd Martin.

Anelodd Arwel ei dortsh at adeilad. Uwch ei ben roedd yna hen arwydd – 'Ffordd i Mewn'.

'Dwi'n meddwl mai dyma fe,' meddai.

Gwthion nhw drwy'r drws pydredig a chyrraedd stafell o faint stafell ddosbarth. Roedd y waliau wedi'u gwneud o frics, ac roedd yna damprwydd a phyllau dŵr ar y llawr concrit. Roedd tyllau yn y to uwch eu pennau a gallen nhw weld cymylau llwyd-binc yn ffurfio dan belydrau haul olaf y dydd.

'Wyt ti o ddifri'n dweud wrtha i mai dyma lle mae Rhif Dau?' holodd Martin.

'Na 'dw,' meddai Arwel, gan fflachio'i dortsh ar hyd y wal gerllaw. 'Mae e lawr fan 'na.' Roedd mynedfa enfawr, fel twnnel rheilffordd, wedi'i thorri i mewn i'r graig o'u blaenau a'r geiriau 'Pwll Wyth Milltir' wedi'u cerfio ar y bwa.

'Pwll glo yw e,' sibrydodd, 'a'r "Pwll Wyth Milltir" yw ei enw.'

'Anhygoel,' meddai Gruff.

'Dwi ddim yn hoffi'r enw,' cwynodd Martin.

Syllon nhw i mewn i'r twnnel. Hyd yn oed gyda'r dortsh doedd hi ddim yn bosibl gweld fawr ddim.

'Dyma fe,' meddai Arwel. 'Allwch chi feddwl am unrhyw le gwell i guddio sombi?'

'Fe gadwa i lygad ar bethau,' meddai Martin. 'Mae wastad...'

'...angen rhywun wrth gefn, rhag ofn?' gorffennodd Beth ei frawddeg.

*

Camodd Arwel, Gruff a Beth i mewn i'r pwll, a sŵn eu traed yn atsain drwy'r lle. 'Rhif Dau!' gwaeddodd Arwel, gan anelu ei dortsh ar hyd y waliau. Adlamai ei eiriau o un wal i'r llall gan greu un corws mawr. Roedd y twnnel yn ddwfn. Ceisiai corynnod a chwilod ddianc o lif y golau gan lithro i'r bylchau dyfrllyd.

Yna bu tawelwch.

Mentrodd y criw ymlaen, gan geisio anwybyddu dripian y dŵr oer a ddisgynnai o'r hen do. 'Dwi'n gobeithio bod y lle yma'n ddiogel,' meddai Gruff wrth iddyn nhw fynd yn ddyfnach a dyfnach i'r twnnel.

Chwarddodd Arwel. 'Ydy e'n teimlo'n ddiogel?'

'Ddim felly,' meddai Gruff.

'Beth sy gan Carlos M. Benbow i'w ddweud am y lle 'ma 'te?' sibrydodd Beth.

'Bod y to wedi dymchwel ddwywaith,' meddai Arwel. 'Doedd hynny ddim yn anghyffredin, mae'n debyg. Ond dyw e ddim yn mynd i ddisgyn heddiw, na 'dy? Byddai'n rhaid i ni fod yn hynod o anlwcus i'r to gwympo ar ein pennau yr eiliad yma.'

Disgynnodd rhai cerrig mân oddi ar friciau'r wal gan sblasio'n fygythiol i bwll dŵr mawr islaw.

'BACHWR!' gwaeddodd Gruff. 'RHIF DAU! O! Mae'n rhaid i ni fynd o'r lle 'ma'n glou.'

Doedd yna ddim ateb. Wrth iddyn nhw gerdded, daeth eu llygaid yn gyfarwydd â golau'r dortsh. Allen nhw weld bod y twnnel yn eithaf llydan ac yn ddigon uchel i rywun fedru sefyll i fyny'n syth. Roedd yna gledrau metel yn rhedeg ar hyd y llawr a phob hyn a hyn bydden nhw'n mynd heibio hen wagen lo a adawyd i rydu wrth ochr y twnnel.

'Edrychwch ar hwnna,' meddai Beth. Roedd y twnnel yn lledu am ychydig fetrau a fflachiodd Arwel ei olau dros beth a edrychai fel stalau pren a chafnau dŵr a hen sachau bwydo. Roedd hen ddennyn rhaff yno, hyd yn oed.

'Roedden nhw'n defnyddio ceffylau i dynnu'r tramiau,' meddai Arwel. 'Pan fydden nhw'n dod allan, byddai'r rhan fwyaf o'r ebolion yn ddall. Roedd sôn am hynny hefyd yn *Hanes Aberarswyd*.'

'Ma'r lle 'ma'n codi ofn arna i,' meddai Gruff.

Daeth gwaedd oddi wrth Martin, a oedd yn gwarchod y fynedfa. Bownsiodd ei eiriau i lawr y twnnel. 'Ydych chi'n iawn?'

'Ydyn!' atebodd pawb.

O'r gwyll daeth llais gwahanol. 'Mater o farn yw hynny.'

Trodd Arwel ei dortsh a'i fflachio o'i flaen. Gafaelodd Gruff yn ei fraich a gafaelodd Arwel yntau ym mraich Beth.

'Chi'n bell o fod yn iawn. Mae'r fynedfa'n bell o fan hyn,' meddai'r llais. Roedd yn swnio fel llysnafedd yn llithro dros garreg.

'Ble y'ch chi? Pwy y'ch chi? Beth y'ch chi?' holodd Arwel, yn fflachio'r dortsh yn wyllt o gwmpas y twnnel.

'Ewch mas o 'mhwll i,' gwaeddodd y llais. 'Ma 'na waith yn mynd ymlaen 'ma.'

'Gwaith?' wfftiodd Beth. 'Pa fath o waith?'

'Ro'n i'n meddwl bod y gwaith wedi gorffen yn y Pwll Wyth Milltir dros hanner canrif yn ôl,' meddai Arwel.

'Bwyta'r llyfr 'na wnest ti?' sibrydodd Gruff.

Daeth sŵn hisian stêm a chloncian metel i'w clustiau: roedd rhywbeth yn symud tuag atyn nhw ar hyd yr hen gledrau yng nghanol y siafft. Fflachiodd Arwel ei dortsh i'r tywyllwch. 'Meddwl oedden i,' meddai, gan gamu ymlaen, 'tybed a welsoch chi sombi?'

Daeth y siâp yn gliriach. Roedd yn ddu, ac yn symud ar olwynion dur – hen beiriant stêm, yn llawn rhwd, olew a huddygl oedd yno. Yn y cefn, yng ngolau oren tân y boeler oddi tano, gallai'r criw weld cysgod ffigwr tenau a wisgai het ddu, galed. Roedd yn pwyso allan tuag atyn nhw. Roedd ei wyneb yn wyn fel y galchen a'i lygaid wedi suddo'n ddwfn i'w benglog fel tasai heb gysgu ers blynyddoedd lawer. 'Ewch o 'ma, a pheidiwch dod 'nôl!'

'Dwi'n credu y dylen ni wneud be mae'r dyn yn 'i ddweud a mynd o 'ma,' meddai Gruff. 'Sori am darfu,' ychwanegodd yn hapus. 'Dim ond wedi galw heibio. Da bo chi.'

Ond daliodd Arwel ei dir. 'Rhif Dau yw e – y bachwr.'

Ceisiodd Beth ei dynnu 'nôl.

'Mor gryf â cheffyl? Byth yn troi lan i'r gwaith?' meddai'r dyn gan dynnu bar haearn a gwneud i'r peiriant rhyfedd ddod i stop. Roedd y peiriant yn ddigon agos i'w gyffwrdd, bron; roedd olew'n diferu i lawr ei ochrau, a stêm yn hisian allan ohono.

Bu bron i Arwel dagu. Nodiodd ei ben.

'Efallai 'mod i wedi dod ar ei draws o'r blaen,' meddai'r gŵr yn y cerbyd.

'Sombi yw e,' eglurodd Beth yn obeithiol. 'Dy'n ni ddim yn gwybod dim am ei arferion gwaith.'

'Ma arno fe dipyn o oriau i mi,' meddai'r dyn. 'Chi'n gweld, cyn iddo fe droi'n sombi, doedd eich dyn chi byth yn troi lan i'w waith ar amser. Byddai wastad yn hwyr. Roedd e'n gant-y-cant hwyr ac yn gant-a-deg-y-cant diog. Fi oedd yn gyfrifol am ei dîm o lowyr. Sneb yn colli fy shiffts i ac yn cael dod bant â hi. Chi'n deall be sy 'da fi?'

Fflachiodd tortsh Arwel ar wyneb Gruff. Roedd e'n wyn gan ofn.

'Chi'n dweud eich bod yn cadw'r Rhif Dau fan hyn am iddo esgeuluso'i waith?' meddai Beth. Roedd ei mam yn gweithio i'r cyngor a byth a hefyd yn parablu am weithio digon o oriau er mwyn cael diwrnod bant.

'Ma ganddo lawer o waith cloddio i'w wneud,' chwarddodd y dyn wrth iddo rofio ychydig o lo i mewn i foeler yr injan. 'Bydd yn cloddio a chloddio am byth, i wneud lan am yr holl oriau mae wedi'u colli.'

'Mae fel cael eich cadw i mewn yn yr ysgol,' cwynodd Gruff. 'Does dim dianc!'

Cymerodd Arwel anadl ddofn. 'Eisiau dod o hyd i Rif Dau ydyn ni, er mwyn iddo fedru chwarae rygbi i ni.'

'Wel, mae'n rhaid i lowyr sy ddim yn troi lan i'r gwaith, sy'n mynd ar goll er mwyn chwarae rygbi neu sy ddim yn cynhyrchu digon o lo, dalu'r amser 'nôl rywbryd neu'i gilydd. Fy ngwaith i, fel Goruchwyliwr, yw gwneud yn siŵr fod pawb yn gwneud ei ran. Hy! Mae hwn wedi bod bant o'i waith ers can mlynedd, sy'n golygu fod ganddo fe 36,500 o ddyddiau gwaith i'w talu 'nôl.'

'Ma 'na 365 diwrnod mewn blwyddyn,' meddai Beth, a deimlodd fod angen ychydig o help ar Gruff. 'Ma can mlynedd wedi'u lluosi â 365 yn gwneud 36,500 o ddyddiau gwaith.'

'Dwi'n gwybod hynny,' meddai Gruff gan grafu ei ben.

Cododd y Goruchwyliwr ei fraich a phwyntio â'i gaib. Fflachiodd Arwel ei dortsh i'r un cyfeiriad. 'Draw fan 'co mae Rhif Dau?' holodd.

Yn ddyfnach yn y pwll, yn ei gwman, roedd yna ffigwr unig yn codi ei gaib a'i bwrw'n galed i'r graig o'i flaen. Trodd, gan gysgodi ei lygaid fel petai'n cael ei ddallu gan olau Arwel. Cododd y bachwr ei gaib unwaith eto a'i tharo i mewn i'r graig o lo.

'Druan â Rhif Dau,' sibrydodd Beth.

Ochneidiodd y sombi a chodi ei gaib.

'Gan mlynedd yn ôl, roedd y gŵr yma'n chwarae rygbi,' meddai'r Goruchwyliwr. 'Ac fe wnaeth ffŵl ohona i. Nawr, mae'n talu ei ddyled.' Tynnodd lifer arall a phoerodd yr injan wrth i graen mawr haearn godi ac ymestyn tuag at Arwel. Symudodd dwylo'r Goruchwyliwr yn gyflym ar draws y panel rheoli. Daeth rhu mawr o stêm a chododd piben fawr haearn yn araf a bygythiol o ochr y peiriant.

Syllodd y Goruchwyliwr yn llawen ar ei ymwelwyr.

Camodd Arwel, Beth a Gruff tuag yn ôl, gan wthio'u hunain i mewn i'r waliau llysnafeddog.

'Nawr,' meddai'r Goruchwyliwr. 'Dy'ch chi ddim wedi gweithio i mi erioed, ond os dowch chi 'nôl fan hyn, fe gewch chi weld beth yw llafur caled. Chi'n ddigon hen i gloddio am lo. Fe gadwa i chi i lawr fan hyn tan bydd ofn y golau arnoch chi.'

'Ond...' meddai Beth. Roedd hi ar fin dechrau dadlau.

'Amser am ychydig bach o stêm,' gwaeddodd y Goruchwyliwr, gan dynnu'n galed ar un o'r liferi. Rhuodd y peiriant a llamodd fflamau allan o'i simnai. Chwarddodd yn uchel a gweiddi, 'Tân!'

Dechreuodd fflamau saethu o'r biben haearn wrth i'r craen symud o un ochr i'r llall gan fethu Gruff o drwch blewyn.

'Mae'r peth yna'n mynd i'n saethu ni!' gwaeddodd Arwel, gan droi i gyferiad y fynedfa. 'Rhedwch!'

Yn y pellter gallen nhw glywed Martin yn ateb. 'Dwi'n rhedeg yn barod!'

Pennod 12

Yn y gegin roedd Mam a Dad yn syllu ar Tania a Steve. Gwisgai Tania ffrog sidan las, hir. Gwisgai Steve siaced ddu, trywser du, bow tei wen a chrys gwyn.

'Mae'r ddau ohonoch chi'n edrych yn hyfryd,' meddai Mam.

'Arbennig,' cytunodd Dad, yn byseddu gwaelod ei dracwisg.

Brysiodd Arwel i'r gegin, a'i wynt yn ei ddwrn yn dilyn drama'r Pwll Wyth Milltir.

'Beth wyt ti'n feddwl, Arwel?' holodd Tania, gan droelli fel model.

'Yn werth ei gweld, ti ddim yn meddwl?' holodd Steve, a'i frest yn chwyddo.

'Ydy . . . iawn,' meddai Arwel.

'Hon wisgais i ar gyfer y prom, ond roedd Mam yn teimlo y byddai'n gwneud y tro ar gyfer mynd i'r sioe hefyd,' meddai Tania. 'Ond sai'n siŵr. Falle ddylen i gael ffrog newydd. Beth wyt ti am ei wisgo, Arwel? Mae'r tocynnau gyda ni, mae'r gwesty wedi'i fwcio ac ry'n ni'n mynd i gael bwyd cyn hynny. Am unwaith mae'r teulu yma yn mynd i wneud pethau'n iawn.'

Roedd Arwel wedi anghofio popeth am y trip i Gaerdydd. 'O, fe wisga i rywbeth teidi,' meddai. 'Heb benderfynu eto. Oes rhywun yn gwybod unrhyw beth am y Pwll Wyth Milltir?'

'Beth yw'r Pwll Wyth Milltir?' holodd Tania. 'Clwb nos newydd yw e?'

'Pwll glo,' eglurodd Arwel. 'Meddwl oeddwn i a oedd rhywun wedi clywed amdano.'

Edrychodd Tania'n ddirmygus arno. 'Na. Yn rhyfedd iawn, dwi ddim. Ti'n fy nabod i'n iawn, Arwel – wrth 'y modd yn chwilota o gwmpas hen byllau glo.'

'Sdim diddordeb gyda ni mewn pyllau glo,' esboniodd Steve.

'Na. Wnaiff hi ddim y tro,' meddai Tania gan droi i siarad am ddillad eto. 'Bydd yn rhaid i mi gael un newydd.'

'Ma Tania'n iawn,' meddai Dad. 'Os ydyn ni'n mynd i weld sioe, bydd angen dillad addas. Allen i gael rhywbeth newydd hefyd, achos alla i ddim mynd yn 'y nhracwisg. A thithau, Arwel, ti'n edrych fel un o dy chwaraewyr di. Os mai fi fydd pwyllgor y tîm, mae'n rhaid i mi wisgo'n addas. Mae'n rhaid i mi edrych fel dyn â chynllun.'

Fedrai Arwel ddim cuddio'i wên. Doedd ei dad ddim yn adnabyddus am fod yn gynlluniwr da.

'Dere, Arwel,' meddai Dad. 'Mae'n hen bryd i ni brynu siwt i ti! Y Ganolfan Siopa amdani!'

'Beth?' Y lle olaf roedd Arwel eisiau ymweld ag ef oedd Canolfan Siopa Aberarswyd ar ddiwedd y dydd fel hyn.

*

71

'Ti'n teimlo'n well, Arwel?' holodd Steve wrth iddyn nhw fynd i mewn i'w Ford Fiesta.

Am eiliad doedd gan Arwel ddim syniad am beth roedd Steve yn sôn; yna cofiodd am yr holl gêmau rygbi roedd wedi'u colli. Teimlai eu bod, rhywfodd, yn perthyn i hen hanes.

'Ti'n dechrau cael dy hyder yn ôl 'te?' holodd Steve, wrth wisgo'i wregys.

'Am wn i,' meddai Arwel, gan wthio'i hun i'r cefn wrth ymyl ei dad.

'Ti'n bwriadu chwarae 'to?' holodd Steve, tra oedd y lleill yn camu i mewn.

'Ydw,' meddai Arwel, wrth i Steve gychwyn yr injan. 'Am wn i.'

Fedrai Dad ddim cadw'n dawel. 'Ma ganddo dîm rheoli newydd,' meddai wrth i'r car symud i lawr y stryd. 'Arwel a fi – ry'n ni wedi cael sgwrs fach.'

Wrth i Steve yrru, dywedodd Tania, a oedd yn eistedd yn y blaen am fod eistedd yn y cefn yn ei gwneud yn sâl, ei bod yn siomedig fod y pwyllgor wedi cael gwared ar ei thad. Sylwodd Arwel fod Mam yn dal llaw Dad. Roedd yntau'n eistedd rhyngddyn nhw yn y cefn. Roedd eu dwylo'n gorwedd yn ei gôl. Edrychodd i lawr arnyn nhw. Am eiliad cofiodd Arwel am ddwylo llwyd ac esgyrnog y Goruchwyliwr. Crynodd wrth i ias redeg ar hyd ei gefn – yr unig greaduriaid a welsai â dwylo tebyg oedd y sombis.

'Fi fydd y pwyllgor ar gyfer ei dîm rygbi e – y

Sombis,' meddai Dad. 'Ry'n ni'n mynd i wneud ein marc – ni'n mynd i fod yn llwyddiannus – yn enfawr.'

Gollyngodd Mam ei law. 'O! Felly mae diddordeb gyda ti mewn rygbi o hyd 'te!'

'Yn fwy nag erioed,' meddai Dad. 'Mae'n bwysig peidio rhoi'r ffidil yn y to.'

'Roiest ti'r gorau iddi y diwrnod o'r blaen,' meddai Mam, bron yn obeithiol.

'Fe wnaeth Arwel fy helpu i weld pethau'n gliriach.'

Gallai Arwel deimlo'i fam yn symud fymryn bach ymhellach draw oddi wrth ei dad.

'Dwi wedi gweld y golau erbyn hyn. Fe golles i'r ffordd am ychydig. Y cyfan dwi ei eisiau nawr yw gwneud yn siŵr mai tîm Arwel fydd y gorau yng Nghymru,' meddai Dad, gan ddyrnu cefn sedd Tania. '"Nid yw'r dewr yn ildio," medd y Bwda – neu o leiaf dyna fydde fe'n dweud tase ganddo fe ddiddordeb mewn rygbi.'

*

Taranodd Fiesta bach Steve ar hyd y ffordd ddeuol tuag at y ganolfan siopa. Ar y mynydd, yn eistedd ar y wal tu fas i dŷ Martin, gwyliai Gruff a Martin y cerbyd bach. Doedden nhw ddim yn gwybod pwy oedd ynddo. Roedden nhw'n trafod dulliau o helpu Rhif Dau i ddianc o'i garchar yn y Pwll Wyth Milltir. Tu ôl iddyn nhw, yng nghysgodion y coed, safai tri sombi ar ddeg. Roedden nhw hefyd yn edrych ar y car, ac yn nesáu'n araf, araf bach at y wal er mwyn ceisio clustfeinio ar sgwrs y bechgyn.

*

Llusgodd Arwel ei draed yn anghyfforddus rhwng rhengoedd o ddillad llachar tra syllai Tania a Steve ar eu hadlewyrchiad yn y drych wrth iddyn nhw wisgo amrywiaeth o grysau, ffrogiau, sgidiau a siacedi. Prynodd mam Arwel siwt fach ddu i'w hunan, gan y teimlai y gallai ei gwisgo eto i'r gwaith a hyd yn oed tu ôl i'r bar yn nhafarn ei chwaer. Prynodd Steve a Tania wisgoedd newydd yn lle'r hen ddillad prom.

Gorfodwyd Arwel i brynu siwt. Roedd yn ei chasáu. Teimlai'n union fel gwisg ysgol. Roedd pawb yn dweud ei fod yn edrych yn hŷn ac yn smart, ac roedd hyn yn gwneud iddo deimlo'n waeth. Dewisodd Dad siaced ddu, crys piws a ffrils ar hyd y blaen a thei bow ddu. Mynnodd ei gwisgo wrth adael y siop. 'Dyna smart,' meddai. 'Nawr dwi'n edrych yn reial boi. A fory, fe wna i ddangos i chi beth all reial boi ei wneud!'

Roedd pawb yn ddigon hapus ar y ffordd adref, ar wahân i Mam ac Arwel. Roedd Arwel yn drist am ei fod yn credu ei fod yn edrych fel llipryn a Mam yn ddigalon am y gwyddai na allai fforddio'r holl ddillad newydd yma.

Pan gyrhaeddodd Arwel ei stafell o'r diwedd, roedd wedi blino'n lân. Ond aeth e ddim i gysgu. Dechreuodd ddarllen mwy o *Hanes Aberarswyd* gan Carlos M. Benbow.

Pennod 13

Baglodd Arwel i mewn i'r gegin drannoeth gan ddylyfu gên. Brasgamodd ei dad heibio iddo'n frysiog at y drws – ffôn symudol yn un llaw, darn o dost yn y llall. Roedd Arwel ar fin dweud bore da pan achubodd ei dad y blaen arno. 'Wela i di wedyn, Arwel,' meddai, yn dal darn o dost o flaen ei wyneb. 'Rhaid i mi drefnu cyfarfod gyda'r dynion pwysig. Siarad â'r tost.' Yna diflannodd allan i'r stryd, gan gerdded yn gyflym tuag at yr orsaf fysiau.

Credai Arwel fod brwdfrydedd ei dad tuag at y gêm nesaf yn beth da, ond nid efallai'n ddefnyddiol. Gwyddai nad oedd gan y Sombis ddigon o chwaraewyr ac nad oedd maswr y tîm yn medru dal, cicio na phasio'r bêl. Meddyliodd mai'r peth gorau fyddai trefnu rhai sesiynau ymarfer fel bod ei gyd-chwaraewyr ac yntau'n medru magu hyder a ffitrwydd a thrafod sut i ryddhau Rhif Dau o'r Pwll Wyth Milltir.

Pan gyrhaeddodd Arwel yr ysgol aeth i chwilio am Gruff a Martin er mwyn dweud wrthyn nhw am fod yn barod ar gyfer ymarfer dwys. Ond doedd dim golwg arnyn nhw. Chwiliodd y llefydd arferol – y cwrt pêl-fasged, y stafelloedd newid – yn y diwedd aeth i'r llyfrgell i weld a oedd Beth yn gwybod ble roedden nhw.

Roedd hi'n gweithio ar y cyfrifiadur. Pan ofynnodd am Gruff a Martin cododd ei hysgwyddau ac ysgwyd ei phen. Roedd hi'n brysur yn casglu cymaint o wybodaeth ag y medrai am y Pwll Wyth Milltir. 'Yr hyn sy'n ddoniol,' meddai gan bwyntio at sgrin y cyfrifiadur, 'yn ôl y mapiau does dim y fath le â'r Pwll Wyth Milltir. Edrych – dim hyd yn oed ar *Google Earth.*'

Dilynodd Arwel fys Beth ar hyd Rhodfa Tom Jones, ar hyd y lonydd roedden nhw wedi bod arnyn nhw – ond, yn ôl y sgrin, dim ond coed oedd yno. Hyd yn oed pan ddefnyddion nhw luniau lloeren o'r man lle daethon nhw ar draws y pwll glo, dim ond gwyrddni oedd yno.

'Maen nhw'n gwneud hynny weithiau,' meddai Beth.

'Pwy?' holodd Arwel.

'Pobl y mapiau, y bobl sy'n rheoli, pan fyddan nhw eisiau cuddio rhywbeth fel man glanio pobl o'r gofod neu ardal gudd y fyddin. Maen nhw'n gosod coed yno. Fel na fyddai'r gelyn yn medru darganfod y lle.' Trodd i wynebu Arwel. 'Ti'n gwybod beth mae hyn yn ei olygu?'

Ysgydwodd Arwel ei ben yn araf. Doedd ganddo mo'r syniad lleiaf.

'Maen nhw'n gwybod am y Goruchwyliwr,' meddai Beth. 'Mae'n berson go iawn – mor real fel eu bod nhw wedi'i dynnu oddi ar y map.'

Nodiodd Arwel. 'Pwy yw "nhw"?'

'Dim syniad: y cyngor, neu'r llywodraeth falle. Mae e'n gymaint o fygythiad i gymdeithas, fel ei bod yn well ganddyn nhw ei gadw draw oddi wrth y cyhoedd. O! Mae hyn yn ddifrifol.'

'Dwi'n gwybod ei fod yn ddifrifol,' meddai Arwel. 'Mae'r Goruchwyliwr wedi dwyn ein bachwr ni.'

'Arwel, mae'n waeth na hynny. Os ydy pobl y mapiau'n gwybod a'r llywodraeth yn gwybod, mae'n gyfrinach oruwchnaturiol.'

Canodd cloch cofrestru, gan wneud i Arwel neidio. Allgofnododd Beth oddi ar y cyfrifiadur. Wrth iddyn nhw adael y llyfrgell, dyma hi'n holi: 'Ble ddwedest ti oedd Gruff a Martin?'

'Dyna beth dwi'n ei ofyn i ti.' meddai Arwel. 'Does dim syniad gyda fi ble maen nhw.'

Ar ôl ysgol, aeth Arwel yn syth i dŷ Beth. Gwenodd ei mam arno gan gynnig plataid o fisgedi iddo.

'Os gwelwch yn dda,' meddai yntau, gan ychwanegu, 'Dwi'n ymddiheuro am y tro o'r blaen.'

'Pa dro o'r blaen?'

Sgrialodd Beth i lawr y grisiau. Roedd hi wedi newid o'i dillad ysgol ac yn gwisgo pâr o jîns a threinyrs a chôt fawr. 'Fe awn ni â'r bisgedi yna gyda ni,' meddai, gan gymryd un.

'Dim te?' holodd ei mam.

'Diolch yn fawr am bopeth,' meddai Arwel wrth iddo ysgwyd ei llaw yn ofalus a difrifol.

Wrth iddyn nhw gerdded, awgrymodd Beth wrth Arwel ei fod, o bosib, yn rhy gwrtais. 'Bydd Mam yn credu dy fod yn nyts.'

I dŷ Gruff yr aethon nhw'n gyntaf. Roedd e'n byw

mewn tŷ teras heb fod ymhell o stryd Arwel gyda'i fam a'i ddau frawd iau, sef Alfie a Ryan. Plant bach oedd Alfie a Ryan, yn dal yn rhedeg o gwmpas y tŷ yn eu dillad isaf. Doedd Gruff ddim yn gwneud fawr ddim â nhw ac roedd ei fam mor brysur gydag Alfie a Ryan fel nad oedd hi'n gwneud fawr ddim gyda Gruff chwaith. Roedd yn rhaid iddo baratoi ei frecwast ei hun, a bron na fedrai fynd a dod fel y dymunai cyhyd ag y gwyddai ei fam ble roedd e.

'Ydy Gruff yma?' gofynnodd Arwel wrth iddo sefyll ar stepen y drws.

Gwenodd mam Gruff. Gwthiodd ei gwallt golau brith allan o'i llygaid. Roedd Ryan ac Alfie y tu ôl iddi.

'Heia.'

Cododd y ddau law. 'Heia, Arwel,' medden nhw gyda'i gilydd.

'Mae'n cysgu draw yn nhŷ Martin,' meddai mam Gruff. 'Welaist ti mohono fe yn yr ysgol heddi 'te?'

Roedd Beth ar fin dweud nad oedd Gruff wedi bod yn yr ysgol pan deimlodd benelin Arwel yn ei phrocio. 'O! Do,' meddai. 'Ro'n ni'n meddwl mynd am dro.'

Gwenodd mam Gruff. 'Chi'ch dau'n edrych yn llwglyd – ry'n ni ar fin cael te. Hoffech chi fisgïen?'

Diolchodd Arwel a Beth iddi a chychwyn i dŷ Martin.

Safai tŷ Martin yn hen ac yn fawr ar ei ben ei hun ar ochr y mynydd. Hwn oedd y tŷ olaf cyn cyrraedd y goedwig.

Roedd hi wastad yn oerach ac yn wlypach yno nag yn y dref. Crynai Arwel a Beth wrth iddyn nhw ganu'r gloch. Agorwyd y drws gan chwaer hŷn Martin. Daliai botel o baent ewinedd yn un llaw a brwsh yn y llall. Edrychai'n flin ei bod wedi cael ei rhwystro. Esbonion nhw eu bod yn chwilio am Martin.

'Martin?' meddai. 'Mae e draw yn nhŷ Gruff, yn cysgu yno.'

Nodiodd Arwel fel petai'n disgwyl yr ateb hwn.

Felly, draw â nhw i gyfeiriad y goedwig. Dechreuodd Beth siarad unwaith eto am ddiflaniad eu ffrindiau. Roedd hi'n siŵr fod gan y cyfan rywbeth i'w wneud â'r Pwll Wyth Milltir. 'Ddylen nhw ddim cael mynd ar eu pennau eu hunain. Dwi'n siŵr eu bod nhw wedi gwneud rhywbeth twp iawn,' meddai, wrth iddi gyrraedd ymyl y goedwig bin.

Teimlai Arwel ei bod hi bron yn falch eu bod ar goll. 'Iawn,' meddai yntau. 'Nawr bydd yn dawel.'

Cerddon nhw mewn tawelwch drwy'r goedwig nes i awel oer ac arni arogl madarch y sombis eu taro.

'Edrych,' meddai Arwel. Pwyntiodd yn syth o'i flaen. Yno, rhwng y coed, roedd criw o sombis, rhai'n gorwedd ar lawr, eraill ar welyau o ddail a brigau. Yno, yn eu plith, roedd Martin a Gruff â rhwymau am eu pennau a'u breichiau. Roedden nhw'n gorwedd ar lawr wedi'u gorchuddio â llwch a baw, yn cwyno ac yn ochneidio. Roedden nhw'n edrych yn debyg i'r sombis go iawn.

'Mae'n edrych yn union fel 'sbyty i'r rhai sydd rhwng byw a marw,' meddai Arwel.

'Beth sy wedi digwydd?' holodd Beth, yn llawn pryder. Brysiodd draw at Gruff a Martin.

Ymddangosodd Delme o rywle a daeth draw atyn nhw'n araf. 'Arwel,' meddai gan ymddiheuro, 'ry'n ni wedi gwneud camgymeriad.'

Ochneidiodd Arwel. Edrychodd o'i gwmpas. Roedd golwg ofnadwy ar y sombis. 'Camgymeriad mawr, o be wela i. Beth y'ch chi 'di neud? Be ddigwyddodd?'

Edrychai Delme'n lletchwith. 'Fe drion ni ddatrys pethe ein hunain,' meddai. 'Aethon ni ymlaen â'r frwydr hebddot ti.'

'Dwi'n mynd i siopa am un noson,' ffrwydrodd Arwel, 'dwi'n eich gadael chi ar eich pennau eich hunain dim ond am un noson...a 'drychwch beth sy'n digwydd.'

Roedd Beth wedi penlinio ac yn rhoi sylw i Gruff a Martin. Edrychodd i fyny ar Arwel. Gallai weld ei golwg bryderus.

'Sori,' ochneidion nhw, gan ddal eu pennau. 'Wnawn ni mohono fe 'to.'

'Dyna oedd y tro cyntaf a'r tro olaf i mi wrando arnoch chi, bois,' meddai Delme. 'Eu syniad nhw oedd ymosod ar y Pwll Wyth Milltir.'

'Ymosod?' gofynnodd Beth.

'Dilyn y llwybr tarw drwy'r fynedfa a mynd i lawr y twnnel wnaeth y pymtheg ohonom, wedi'n harfogi â phastynau a phethe. Fe hyrddion ni i mewn i'r twnnel, gan weiddi a sgrechian mor uchel â phosib. Ymlaen â ni drwy'r tywyllwch, heibio'r stablau nes i ni gyrraedd Rhif Dau. Fe wnaethon ni greu amddiffynfa o'i gwmpas er mwyn cadw'r Goruchwyliwr a'i beiriannau draw, wrth i Gruff a Martin lifio'i gadwynau â haclif. Ar ôl i ni gael Rhif Dau'n rhydd, fe redon ni mas o'r pwll nerth ein traed.'

'Beth?' holodd Arwel.

'Cynllun syml,' meddai Delme. 'Roedden ni'r sombis yn ei ddeall.'

'Pwy feddyliodd amdano?' holodd Beth.

Teimlodd Arwel fod hwn yn gwestiwn gwirion. Roedd yn gwbl amlwg iddo fe cynllun pwy oedd hwn.

'Fi,' meddai Gruff wrth godi ar ei eistedd.

'Gruff,' meddai Martin o'r gwely gerllaw, 'o hyn allan – dwyt ti *ddim* i wneud cynlluniau. Dim ond bod yn ddewr sydd eisiau i ti ei wneud.'

'O, roedden ni'n ddigon dewr, Martin,' cytunodd Gruff. 'A dweud y gwir, roedden ni'n gwbl anhygoel.'

'Yn dy farn di,' meddai Martin. 'Dwi wastad yn teimlo'n ofnus. A'r tro hwn, roeddwn i'n iawn. Fe redon ni i mewn i'r twnnel, yn ôl y cynllun. Aethon ni hanner ffordd i lawr y pwll gan weiddi a sgrechian. Roedden ni hyd yn oed yn medru gweld Rhif Dau. Ond yna, aeth popeth o'i le.'

'Dechreuodd y Goruchwyliwr arni!' meddai

Delme. 'Roedd yn fater o ddyn yn brwydro yn erbyn metel. Wir i ti, Arwel, ry'n ni'n lwcus ein bod ni wedi llwyddo i ddianc yn un darn.'

'Roedd e'n eich disgwyl chi,' meddai Beth. 'Fe gerddoch chi i mewn i'w drap.'

'Ond nid dyna oedd y peth gwaethaf,' meddai Glyn yr Asgellwr Chwim o'i wely o ddail.

'Beth ddigwyddodd?' holodd Beth.

'Fe ddihangon ni orau gallen ni,' atebodd.

'Lwyddon ni i ddianc, ond fe gollon ni rywbeth...' meddai Delme, 'rhywbeth hynod bwysig.'

'Fy mai i yw'r cyfan,' meddai Gruff. 'Dyna'r tro diwetha i fi gynllunio dim!'

Cododd Glyn yn lletchwith oddi ar y llawr. 'Chi wedi sylwi beth sy ar goll?'

'O na!' ebychodd Arwel.

'Dim ond un goes sy gen ti,' meddai Beth.

'All e ddim chwarae ar yr asgell fel 'na. Bydd e hanner cant y cant yn arafach. Dim gobaith,' meddai Delme.

'Cwympo wnaeth hi pan oeddwn i dan ddaear,' meddai Glyn yn ddigalon. 'Alla i ei rhoi hi 'nôl – dim ond i mi ddod o hyd iddi.'

Am y tro cyntaf ers pan oedd yn fachgen bach, collodd Arwel ei dymer. Wnaeth e ddim mynd yn wallgo a dechrau gweiddi. Wnaeth e ddim crio a chyrlio'n belen fach. Wnaeth e ddim cwyno am y ffaith fod y Goruchwyliwr wedi cipio un a hanner o'u chwaraewyr gorau. Y cyfan a wnaeth e oedd syllu'n ddwys, yn gyntaf ar Delme, yna ar Martin ac yn olaf ar Gruff.

Roedd yn gwbl amlwg i bawb nad oedd yn fodlon.

'Martin,' meddai Arwel yn oeraidd. 'Pam na wnest ti rwystro'r ffyliaid yma?'

Ysgydwodd Martin ei ben. 'Dim syniad,' ochneidiodd. 'Cael 'y mherswadio gan ddadleuon a oedd yn swnio'n eitha call ar y pryd wnes i.'

'Beth ddaeth dros dy ben di, Delme?'

Plygodd Delme ei ben.

'Gwrandewch!' cyfarthodd Arwel.

Aeth pawb yn dawel.

'Mae'n gêm nesaf ni'n cael ei threfnu. Tasen ni'n ennill, bydd pobl yn gwybod amdanom ni. Byddan nhw'n darllen amdanom ni yn y papurau, bydd sôn amdanom ni ar y teledu ac ar y rhyngrwyd. Byddwn ni un cam yn agosach at gael gêm ryngwladol. Os ydych chi, fechgyn, eisiau stopio bod yn sombis, bydd yn rhaid i chi ennill y gêm yna. Ond mae'n cymryd amser i wneud enw i chi eich hun. Felly peidiwch â disgwyl gwyrthiau. Po fwyaf o bobl a fydd yn gwybod amdanom ni, po fwyaf o gyfle fydd yna i gael gêm ryngwladol. Dwi'n cadw fy rhan i o'r fargen. Ry'n ni'n mynd i chwarae eto. Ond yr unig ffordd y gall hyn weithio yw os oes gyda ni dîm. O hyn ymlaen, ry'n ni'n mynd i wneud pethau fy ffordd i. Dim rhagor o ymosodiadau. Dim rhagor o gwyno. Dwi eisiau i chi ymarfer bob nos a dwi eisiau i chi'ch dau,' meddai Arwel gan bwyntio at Gruff a Martin, 'fynd adre nawr.'

'Mae'n iawn,' meddai Martin. 'Ry'n ni wedi tecstio ein mamau. Maen nhw'n credu ein bod ni yn nhai ein gilydd. Hynod o glyfar, ti'n gweld – mae mam Gruff yn credu ei fod e draw yn 'y nhŷ i a Mam yn credu mod i draw yn nhŷ Gruff.'

Cododd Arwel ei ysgwyddau. 'Fe wela i chi i gyd 'nôl fan hyn ar gyfer ymarfer nos yfory.'

'Ond beth am 'y nghoes i?' gofynnodd Glyn yr Asgellwr Chwim.

'Yn gyntaf, fe wnawn ni ddysgu sut i ddal y bêl, yna fe wnawn ni ddatrys sut i redeg â hi,' meddai Arwel cyn iddo fartsio allan o'r goedwig.

Dilynodd Beth. 'Arwel, beth yw'r cynllun?' holodd hithau.

'Dim syniad,' meddai Arwel. 'Feddylia i am rywbeth. Nawr, gwna ffafr â fi – aros gyda Gruff a Martin a thwtia ychydig arnyn nhw. Dwi'n mynd i ymarfer 'y nghicio yn y parc.'

Yn y cefndir, gallen nhw glywed Delme'n trefnu'r hyn a oedd yn weddill o'i dîm. 'Nawr, dewch! Glywoch chi Arwel. Codwch! Bant o'r llawr 'na! Dewch!'

Pennod 14

Bu pawb yn brysur dros y diwrnodau nesaf. Treuliodd Dad lawer o amser ar y ffôn ac yn cyfarfod â'i gysylltiadau newydd. Pan fyddai rhywun yn ceisio siarad ag ef byddai'n codi ei law gan ddweud: 'Fedra i ddim trafod nawr, felly gadwch neges ar y ffôn.'

Roedd Tania'n hapus. Roedd y tocynnau ar gyfer y sioe wedi cyrraedd ac roedd hi a Steve wedi bod yn gyrru o gwmpas Aberarswyd yn dweud wrth eu ffrindiau. Roedd Mam yn brysur yn gweud gwaith shifft ychwanegol yn y dafarn er mwyn talu am y dillad newydd a dechreuodd Arwel a'r sombis ymarfer o ddifri.

Ond roedd pethau'n wahanol yn yr ysgol. Fel cosb, doedd Gruff a Martin ddim yn cael mynd i unman ar ôl ysgol. Ar ôl i Martin gyrraedd adre yn faw o'i gorun i'w sawdl ffoniodd ei fam gartref Gruff i ofyn beth oedd wedi digwydd iddo. Chymerodd hi fawr o dro i'r ddwy fam sylweddoli bod y ddau grwt wedi bod yn dweud celwydd wrthyn nhw ac felly dyna stop ar fynd i unman yn eu horiau hamdden.

'Bobol bach, dyna beth yw niwsans,' meddai Gruff yn ffreutur yr ysgol wrth iddo foddi un o'i tsips yn y grefi. 'Ma Ryan ac Alfie dan draed o hyd – maen nhw'n waeth na'r peiriannau stêm.'

'Ma tipyn yn gyffredin rhyngot ti ac Alfie a Ryan,' meddai Martin.

'Y cyfan maen nhw eisiau ei wneud yw bwrw ei gilydd,' meddai Gruff. 'Dwi'n dipyn mwy soffistigedig na hynny.'

Roedd Arwel wedi bod yn dawel tan hynny. 'Mae'n rhaid i ni feddwl am gynllun i gael y Bachwr mas o'r pwll 'na,' meddai.

Ysgydwodd Gruff a Martin eu pennau. 'Sori, Arwel,' meddai Martin. 'Cosb yw cosb. Bydd raid i ti ei wneud e dy hunan.'

Nodiodd Arwel.

'Sut siâp sydd ar yr ymarfer?' holodd Martin.

'Da,' atebodd Arwel.

Yr eiliad honno hyrddiodd Gilligan i mewn i gefn Arwel. 'Hei! Edrychwch pwy sy 'ma, Mistar Methiant ei hunan. Joio dy ginio?'

Anwybyddodd Arwel e.

'Dwi'n clywed bod dy dad yn ceisio rhoi tîm at ei gilydd,' meddai Gilligan.

'O, wyt ti wir...'

'Dyna ddwli. Mae e mor ddwl â ti. Mae'n cael y sac gan Aberarswyd a'i ateb e yw casglu criw o gollwyr at ei gilydd ac esgus eu bod nhw'n dîm.'

Wrth i Arwel godi ar ei draed, gwthiodd Gilligan y gadair i gefn ei bengliniau gan achosi i'w goesau blygu. Cwympodd ar lawr y ffreutur, gyda'i fwyd yn disgyn eiliadau'n ddiweddarach. Trodd pawb i edrych arno.

'Chi'n gweld!' gwaeddodd Gilligan. 'All e ddim hyd yn oed ddal gafael yn ei beli cig.'

Brasgamodd Gilligan i ffwrdd wrth i Miss Jenkins, yr athrawes Wyddoniaeth, grwydro draw i weld beth oedd yr helynt.

'Arwel,' meddai Gilligan. 'Mae'n mynd yn rhy fawr i'w sgidiau.'

Cododd Arwel ar ei draed gan geisio glanhau'r darnau o beli cig oddi ar ei grys.

'Tria fwyta'n fwy gofalus yn y dyfodol,' meddai Miss Jenkins.

*

Yn y gwersyll yn y goedwig roedd y sombis wrthi'n ymarfer o ddifri. Roedden nhw wedi bod yn ymarfer taclo drwy redeg at y coed pin, ochrgamu o gwmpas y llarwydd a chicio cerrig yn uchel i fyny i'r awyr. Ond gallai Arwel ddweud nad oedd eu calonnau yn yr ymarfer. Roedd yn rhaid i Glyn Griffiths sefyll ar yr ystlys, ar un goes, tra rhedai Delme a'r lleill o gwmpas y lle mor gyflym ag y medren nhw.

Weithiau byddai Beth yn dod i wylio. Roedden nhw'n edrych yn reit dda, a'u crysau amryliw'n dechrau llenwi wrth iddyn nhw gryfhau. Ond roedd yn rhaid iddi gyfaddef bod yna rywbeth ar goll.

Wrth iddyn nhw gerdded adre o'r ysgol un noson dechreuodd Arwel esbonio. 'Ffydd sydd ei heisiau,' meddai.

'Beth wyt ti'n ei feddwl?' holodd Beth.

'Does neb yn credu y gallwn ni lwyddo go iawn.'

'Llwyddo i wneud beth?' holodd Beth.

'Yn hollol,' meddai Arwel. 'Ni'n ymarfer bob nos, yn dysgu symudiadau a phopeth, ond esgus yw'r cwbwl. Does dim gêm gyda ni, a hyd yn oed tase 'na gêm, allen ni ddim ei chwarae hi achos does gyda ni ddim bachwr. Dim ond un goes sy gan ein hasgellwr a dwi wedi colli fy hyder.'

Wrth iddyn nhw gerdded ar hyd strydoedd serth Aberarswyd tua Stryd Trychineb, dywedodd Arwel wrth Beth ei fod wedi clywed y sombis yn sôn pa mor anobeithiol oedd y sefyllfa. Dweud eu bod nhw'n ymarfer heb bwrpas ac na fydden nhw'n ennill gêm ryngwladol arall ac felly'n gorfod bod yn sombis am byth. Dywedodd wrthi ei fod yn amau eu bod ar fin rhoi'r ffidil yn y to.

Meddyliodd Beth am eiliad cyn gafael ym mraich Arwel. 'Dere,' meddai, gan ddechrau rhedeg. Dilynodd yntau, a chyn bo hir dyma nhw'n cyrraedd yr arwydd 'Tir Preifat – Cadwch Draw'. A'i gwynt yn ei dwrn gwthiodd Beth ei hun drwy'r twll yn y ffens gan anelu at fynedfa'r pwll.

Safodd y ddau yn y stafell dywyll oer yng ngheg twnnel y pwll yn clustfeinio am funud. Roedd Arwel yn siŵr y gallai glywed clonc caib Rhif Dau, neu ai sŵn dŵr oedd e, tybed? 'Be ydyn ni'n ei wneud fan hyn?' holodd.

'Chwilio am ysbrydoliaeth – chwilio am ffordd i sleifio i mewn dan drwyn y Goruchwyliwr heb iddo ein gweld. Oes modd i ni guddio ein hunain?'

Doedd ganddyn nhw ddim tortsh, felly trodd y ddau eu ffonau symudol ymlaen a'u dal o'u blaenau nes bod tamaid o olau i'w weld yn y twnnel.

'Beth am i ni fentro i mewn yn dawel iawn?' awgrymodd Arwel. Cymerodd ychydig gamau tuag at fynedfa'r pwll. Dilynodd Beth. Yn araf a thawel, fesul modfedd, dechreuodd y ddau ymbalfalu drwy'r tywyllwch llaith. Disgynnai diferion dŵr i'r llawr. Pwysai'r aer fel glud oer yn y twll tywyll, dwfn.

Heb siw na miw, ymlaen â'r ddau'n ofalus. Ymhen dim, cyrhaeddon nhw'r stablau a sylwodd Arwel fod yna wair ffres ar y llawr. Tybiodd mai dyna lle roedd Rhif Dau'n cysgu. Erbyn hyn gallen nhw glywed sŵn cloncian ei gaib.

'Hisht,' sibrydodd Beth, gan fentro ymlaen ar hyd yr hen gledrau tram. 'Dyna fe.'

'Dwi'n gwybod un peth,' sibrydodd Arwel, 'fydd dim angen iddo wneud unrhyw ymarfer. Bydd e mor gryf â tharw ar ôl gwneud yr holl geibio 'na.' Arhosodd Arwel am eiliad a phwyso'i law ar focs mawr haearn – rhyw beiriant cloddio glo oedd wedi cael ei adeiladu rywdro gan y Goruchwyliwr, meddyliodd. 'Oo!' ebychodd dan ei wynt. Roedd y bocs yn gynnes.

Clywodd sŵn yn dod o'r tywyllwch yn ei rybuddio i fod yn dawel. Ac unwaith eto. 'Iawn, Beth, ocê,' meddai. 'Sdim rhaid i ti ailadrodd dy hunan.'

'Ond . . . dim ond unwaith ddwedes i "Hisht!"'

'Wel, o ble ddaeth yr "Hisht!" arall 'te?'

Yn rhy hwyr, sylweddolodd Arwel mai sŵn stêm

yn codi o foeler ydoedd. Daeth sŵn hisian eto, a saethodd bariau hirion, brwnt allan o ochrau'r bocs, gan ddal Arwel rhwng eu bysedd. Roedd wedi'i gaethiwo mewn crafanc fetel. 'Cer mas o 'ma, Beth!' gwaeddodd, gan geisio'n aflwyddiannus i'w rhyddhau ei hun. 'Cer 'nôl.'

'Na!' sgrechiodd.

'Cer mas nawr, cyn i'r Goruchwyliwr ddod,' gwaeddodd Arwel. 'Paid â phoeni...fe feddylia i am rywbeth.'

Yn nyfnder y pwll, mae'n rhaid bod y bachwr wedi'u clywed. Gwaeddodd mor uchel ag y medrai: 'Ewch, os medrwch chi, ewch o 'ma!'

Yn y pellter gallen nhw glywed sŵn cloncian injan stêm y Goruchwyliwr wrth iddo ddynesu ar hyd yr hen draciau.

Syllodd Beth yn anobeithiol ar Arwel, codi ei ffôn oddi ar y llawr a baglu am ei bywyd wrth i'r injan ddechrau dod i'r golwg.

Wrth iddi redeg tuag at y drws gallai glywed y Goruchwyliwr yn chwerthin. 'Yn union fel yr hen ddyddiau,' meddai. 'Gwirfoddolwr arall.'

Pennod 15

Brysiodd Beth allan o'r Pwll Wyth Milltir. Sgrialodd heibio'r hen adeiladau a thrwy'r twll yn y ffens, heb stopio nes iddi gyrraedd pen pellaf Rhodfa Tom Jones. Doedd hi ddim yn gwybod beth i'w wneud. Suddodd i'r llawr, ac yn araf daeth dagrau i'w llygaid. Y cyfan y medrai feddwl amdano oedd yr olwg ar wyneb Arwel pan sylweddolodd ei fod wedi cael ei ddal. Roedd ei lygaid yn llawn ofn. Ac roedd hi wedi cael ofn. Geiriau olaf Arwel oedd, 'Fe feddylia i am rywbeth'. Ond y gwir oedd fod popeth roedd ef wedi meddwl amdano hyd yn hyn wedi achosi mwy o drwbwl iddyn nhw.

Anadlodd Beth yn ddwfn. Cododd ar ei thraed. Byddai'n rhaid iddi hi fynd i'r afael â'r sefyllfa. Cyn iddi adael, gwaeddodd nerth esgyrn ei phen i gyfeiriad y y pwll. 'Paid â phoeni, Arwel. Bydda i'n dod 'nôl.'

*

Roedd adeilad gorsaf Heddlu Aberarswyd yn un newydd. Roedd yn hynod o lân a golau. Gallai Beth weld nifer o bobl yn gweithio y tu draw i'r drws agored ger y dderbynfa a'i waliau lliw hufen. Safodd ar flaenau ei thraed i siarad â'r plismon wrth y ddesg, gan ymestyn ei phen i edrych ar y map oedd o'i flaen.

'Allwch chi ddangos y man lle ry'ch chi'n dweud

bod yr Arwel 'ma wedi diflannu?' holodd y plismon yn ddiamynedd.

Edrychodd Beth ar y map. Ysgydwodd ei phen. 'Dyw'r pwll ddim ar y map,' meddai. 'Ond alla i fynd â chi yno.'

'Ac ry'ch chi'n dweud bod yr Arwel 'ma, mab Mr Rygbi, wedi cael ei ddal gan grafanc wedi ei phweru gan stêm.'

Nodiodd Beth. 'Wel, rhywbeth tebyg i grafanc. Roedd rhyw fath o fariau haearn yn saethu mas o'r ochrau.' Clymodd fysedd ei dwylo at ei gilydd gan ffurfio caets.

'Hmmm,' meddai'r plismon.

'Goruchwyliwr y pwll... mae e wedi dal Arwel.'

'Hwn yw'r un sy wedi dwyn coes sombi a charcharu blaenwr o'r rheng flaen?'

Nodiodd Beth. 'Dyw e ddim ar fap achos bod y llywodraeth yn poeni y byddai pobl yn darganfod y gwir.'

'Dwi'n gwybod,' meddai'r plismon. 'Ry'ch chi wedi dweud hynny'n barod.'

'Pwerau'r tywyllwch,' esboniodd Beth. 'Dyna pam nad yw pobl yn gwybod am fodolaeth y pwll.'

Gwgodd y plismon. Plygodd y map. 'Wel, diolch i chi am hynny. Fe wnawn ni'n siŵr fod y mater yn cael ei gofnodi. Nawr, dwi'n awgrymu eich bod chi'n troi am adre.'

Syllodd Beth ar y plismon. Gwyddai nad oedd e'n ei chredu. 'Dwi'n dweud wrthoch chi – mae e wedi cael ei ddal,' gwaeddodd, gan stampio'i thraed ar y llawr. 'A rhag ofn eich bod chi'n meddwl 'mod i'n gwastraffu'ch amser chi, dwi wedi gwneud nodyn o'ch rhif.'

Edrychodd y plismon ar y cloc oedd ar y wal. 'Ble y'ch chi'n byw, bach?' meddai'n flinedig. 'Ddylech chi ddim bod allan yr adeg yma o'r nos.'

'Dim dychmygu pethau ydw i,' gwaeddodd Beth. 'Ma 'na beiriannydd gwallgo mewn pwll glo cyfrinachol sy'n credu bod rhaid i'n bachwr ni wneud 36,500 shifft cyn iddo fe gael chwarae rygbi eto. A dydy hi ddim yn hwyr – hanner awr wedi saith yw hi.'

'Reit. Dyma wnawn ni,' meddai'r plismon. 'Fe wna i eich gyrru chi adre. Dyna ferch dda.'

'Chi'n credu 'mod i'n wallgo. Wel dwi ddim. Allen i eich reportio chi. Fe fydda i 'nôl i siarad ag un o'ch penaethiaid chi. A diolch, sdim angen lifft arna i. Dwi'n ddigon abl i gerdded adre ar 'y mhen 'yn hunan.'

Taranodd Beth allan o'r orsaf gan redeg i lawr y stryd ac yn syth i dŷ Arwel.

*

Tynnodd y Goruchwyliwr lifer haearn trwm oedd ar ochr caets Arwel. Llithrodd y pistonau siâp bysedd ar agor gan hisian stêm a chamodd Arwel o'r caets.

'Dwi'n falch o dy weld di, fachgen. Gallet ti fod

wedi aros ar yr wyneb – ond fe ddoist ti 'nôl. Does gen i fawr o ddewis nawr. Fe fydd yn rhaid i ti gloddio am lo. Llawer o lo. Faint yw dy oedran di?'

'Tair ar ddeg,' atebodd Arwel.

'Digon hen,' meddai'r Goruchwyliwr, gan dynnu ei law lwyd ar hyd ysgwyddau Arwel a gafael yn ei goler. Llusgodd Arwel yn ddyfnach i mewn i'r pwll. Dim ond unwaith roedd Arwel wedi teimlo croen oedd mor oer a thamp – a chroen Delme oedd hwnnw. Dyna pryd y sylweddolodd mai sombi oedd y Goruchwyliwr hefyd.

*

Cnociodd Beth ar ddrws ffrynt Arwel. Roedd hi mas o wynt ac yn ofid i gyd. Roedd hi wedi rhedeg yr holl ffordd o orsaf yr heddlu.

Mam Arwel agorodd y drws. 'Ai Beth wyt ti? Dwi newydd ferwi'r tegell. Beth am fisgïen?

Ochneidiodd Beth wrth weld tad Arwel yn carlamu i lawr y grisiau. 'Cadarnhad arall! Ry'n ni ar fin cyrraedd y lan – ac yn agos at gael tîm i'w chwarae.'

Ymddangosodd Tania yn y cyntedd. 'Peidiwch â threfnu dim byd ar gyfer nos yfory,' meddai.

'Pam?' holodd Dad.

'Y theatr, wrth gwrs!'

'Mae e yn y ffôn,' meddai Dad, gan daro'i ben â blaen ei fys. Trodd at Beth. 'Helô. Wedi dod i weld ein Arwel ni wyt ti? Dyw e ddim 'ma ar y funud.'

'Ble mae Arwel?' holodd Tania, gan symud tua'r drws ffrynt. 'Os gwnaiff e achosi unrhyw broblem fory, wna i byth siarad ag e 'to.'

Am eiliad, doedd Beth ddim yn siŵr beth i'w ddweud. Safodd yn y drws, yn syllu ar rieni a chwaer Arwel. Cofiodd am ei hymweliad â gorsaf yr heddlu a'r ffordd yr edrychodd y plismon arni pan geisiodd ddweud y gwir. Yna meddyliodd am Arwel. Fyddai e wir eisiau iddi sôn am y pwll, y sombis a phopeth? 'Ym...' meddai.

Estynnodd fam Arwel blât bach ac arno fisgïen Rich Tea.

'Ma fe eisiau i fi ddweud wrthoch chi na fydd e adre heno – ma fe'n aros yn nhŷ Martin.' Dywedodd Beth y geiriau – yn falch o gael eu gwared.

'Ma hynny'n iawn, os nad oes gwahaniaeth gan fam Martin. Ond beth am ei ddillad? A'i lyfrau ysgol ar gyfer fory?'

'Dyna pam dwi 'ma,' eglurodd Beth. 'Gofynnodd e i mi alw draw i'w nôl nhw.'

'Mae'n aros gyda'i hyfforddwr personol,' meddai Dad. 'Trafod tactegau, siŵr o fod – syniad gwych.' Edrychodd ar ei oriawr a syllodd yn bryderus i lawr y stryd.

'Ydy,' meddai Beth. 'Sdim diddordeb gyda fi yn y pethau 'na – dyna pam dwi wedi dod i gasglu ei fag. Chi'n aros am rywun?'

'Ydw,' atebodd Dad. 'Mae'n rhaid i mi weld rhywun i drafod y gêm.'

Ochneidiodd Mam gan basio'r bisgedi i Dad. 'Af i i nôl ei fag e,' meddai cyn diflannu lan y grisiau.

Nodiodd Beth.

'Bisgïen?' cynigiodd Dad, gan ddal y plât allan.

'Atgoffa fe fod yn rhaid iddo fe ddod adre'n syth o'r ysgol fory, fel bod digon o amser gydag e i newid cyn y byddwn ni'n mynd i'r theatr,' galwodd Mam wrth iddi frysio i'r llofft.

Nodiodd Beth eto, gan gymryd y fisgïen. 'Dim problem,' meddai. Wrth iddi gnoi'r Rich Tea ymddangosodd car ar waelod y stryd. Gwthiodd tad Arwel heibio iddi ac allan i'r palmant.

'O'r diwedd,' meddai. 'Sut olwg sydd arna i? Cŵl, hyderus, awdurdodol?'

Nodiodd Beth wrth i'r car nesáu. Nid Fiesta Steve oedd e. Roedd hwn yn gar coch, sgleiniog, Alpha Romeo 8C Spider. Llithrodd y ffenest i lawr a gwthiodd dyn ei ben allan. 'Dwi'n chwilio am foi o'r enw Mr Rygbi,' meddai.

'Dyna fy enw i,' meddai Dad, yn wên o glust i glust wrth iddo adnabod y gyrrwr.

'Dwi'n cael ar ddeall eich bod yn chwilio am chwaraewyr,' meddai'r dyn, 'a hynny am un gêm yn unig.'

*

Safai Arwel yng ngolau oren y tân oedd yn dawnsio drwy ddrws agored un o foeleri'r Goruchwyliwr, yn nyfnderoedd y Pwll Wyth Milltir. Cyrcydai Rhif Dau wrth ei ochr. Doedd yr aer ddim mor oer na thamp mwyach, gan ei fod wedi'i gynhesu gan y tanau a bwerai'r peiriannau stêm.

'Sdim ffordd mas,' eglurodd Rhif Dau.

Edrychodd Arwel o'i gwmpas. Roedd ei droed wedi cael ei chadwyno i'r llawr. Wrth ei ochr gorweddai caib fach a rhaw. Gerllaw roedd yna gert fetel rydlyd i ddal y glo a merlyn bach trist yr olwg yn syllu i'r tywyllwch wedi'i glymu wrthi. Anwesodd y bachwr ei fwng.

Cododd y merlyn ei ben.

'Paid â phoeni,' meddai Arwel, 'fe feddyliwn ni am rywbeth.'

'Dwi wedi trio popeth,' meddai Rhif Dau, 'ond mae'n amhosib. Mae'r pwll 'ma'n llawn peiriannau stêm. Maen nhw ym mhobman: maen nhw'n eich cau chi i mewn ac yn eich gwthio chi ymlaen ar hyd y cledrau a'r beltiau. Mae yna fariau metel sy'n saethu mas atoch chi.'

'Dwi'n gwybod,' meddai Arwel.

Rhuthrodd y Goruchwyliwr atyn nhw o ddyfnderoedd y twnnel. Roedd ganddo sbaner enfawr yn un llaw a chan olew yn y llall. Gwthiodd ei het yn ôl a sychu ei dalcen. 'Mae'r pwysau'n gostwng ym mhwmp dŵr y prif foeler ar Lefel Tri. Fe gymrith hi rai oriau i mi ei drwsio. Ai dim ond sefyll fan 'na'n siarad chi'n mynd i wneud? Dewch. Symudwch. Mae gyda ni dargedau a chwotas i'w cyflawni a'u curo.'

Rhythodd Arwel ar y Goruchwyliwr. Roedd yna rywbeth cyfarwydd yn ei gylch.

'Ma eisiau i mi ddangos y drefn i'r crwt,' meddai'r bachwr.

'Osgoi gwaith, cwato, diogi, esgeuluso gwaith, ddim yn gwneud eich rhan. Yn y diwedd mae pawb yn dioddef ac mae'r shifft yn methu'r targed,' gwaeddodd y Goruchwyliwr. 'Dwi ddim eisiau iddo fe ddysgu'r drefn oddi wrthot ti. Cyn gynted ag y sylweddoli di ein bod ni'n styc fan hyn tan i ni gyrraedd y cwota, fe ddechreui di dorchi dy lewys o ddifri.'

Tynnodd y Goruchwyliwr oriawr oedd yn olew i gyd allan o boced ei drywser. Roedd wedi'i chysylltu i'w wregys wrth linyn a oedd hefyd yn frwnt gan olew. Edrychai'n flinedig a than bwysau. Roedd angen sylw cyson ar y pympiau dŵr: hebddyn nhw byddai'r pwll yn boddi.

'Dwi'n hwyr. Cloddia gymaint ag y medri,' meddai'r Goruchwyliwr. 'Ar ôl i mi drwsio'r boeler bydd raid i mi gryfhau'r pyst sy'n cynnal y siafft ddofn. Does dim amser gyda fi i siarad nawr, ond pan ddof i 'nôl, fe esbonia i drefn y shifftiau gwaith i ti, fachgen.'

'Arhoswch eiliad,' meddai Arwel. 'Ydych chi hefyd yn gaeth lawr fan hyn?'

Ond roedd y Goruchwyliwr eisoes wedi diflannu i'r tywyllwch. Adleisiodd ei ateb yn ôl atynt. 'Dwi gant y cant yn styc. Na, a dweud y gwir, gyda gweithlu fel chi – dyna ddau gant y cant. Os na wna i gyrraedd y targedau, cha i ddim mynd mas, ac o edrych arnoch chi'ch dau – wel – dyna gan mlynedd arall.'

Cododd Rhif Dau ei gaib.

Anwesodd Arwel drwyn y merlyn bach. 'Dyw'r Goruchwyliwr ddim yn wahanol i ni,' meddai. 'Mae e wedi cael ei gau i lawr fan hyn, yn rhedeg drwy'r dydd yn trwsio'r boeleri, y pyst a'r pympiau.'

'Nonsens,' meddai'r bachwr, gan daro'i gaib enfawr i mewn i'r glo du yn y wal. 'Fe ddaeth e i chwilio amdana i, yndo fe? Eisiau talu'r pwyth yn ôl y ma fe. Mynnu cyrraedd targedau – ma'r bachan yn ofnadwy.'

Nodiodd Arwel. 'Blynyddoedd ar flynyddoedd o gloddio glo . . . heb lowyr, gydag un merlyn bach ac ambell beiriant stêm sydd, mae'n debyg, yn defnyddio mwy o lo nag y gall e ei gloddio,' meddai. 'Sdim gobaith 'da fe.'

'Y gwir yw,' meddai'r bachwr yn araf, gan godi ei gaib unwaith eto, 'sdim gobaith gyda ni.'

'Nawr, gwranda. Yn gyntaf, mae'n rhaid i ni dorri'n rhydd o'r cadwynau 'ma, wedyn darganfod ffordd i'r wyneb,' meddai Arwel.

Ochneidiodd Rhif Dau.

Symudodd y merlyn ymlaen ychydig gamau, gan lusgo'r gert gyda ef. Gwaeddodd y bachwr arno i stopio.

'Paid â bod yn gas wrth y creadur bach,' meddai Arwel. 'Mae e wedi bod i lawr fan hyn ers blynyddoedd.

Mae'n debyg ei fod e eisiau dianc oddi yma cymaint â ninne, yn dwyt ti, boi?'

Gweryrodd yr ebol yn dawel gan grafu'r llawr â'i garnau. Pwysodd Arwel ato i weld beth roedd yn ei wneud. Estynnodd law i anwesu ei drwyn. Gallai weld ychydig offer yn gorwedd ger y ffas lo. Roedd yno forthwylion, ambell gaib, rhawiau a llifiau ar gyfer torri'r pyst. Tu ôl i'r offer, yn pwyso ar y wal roedd rhywbeth oedd yn gyfarwydd i Arwel – coes goll Glyn Griffiths.

'Gwranda,' meddai Arwel wrth iddo roi maldod i'r merlyn unwaith eto. 'Wn i ddim a fedri di fy neall i, ond os medri di fynd at y llif yna a'i chicio hi ata i, byddai'n ddechrau da ar bethau.'

P'run a ddeallodd y merlyn neu beidio, dechreuodd wthio'r llif â'i drwyn. Yn araf symudodd y llif yn agosach at Arwel.

Edrychodd Rhif Dau ar Arwel. 'Wnaeth e erioed wneud hynny i mi.'

Pennod 16

Yn ôl yn yr ysgol, ymunodd Beth â Gruff a Martin wrth y cylch pêl-fasged. Pasiodd Gruff y bêl ati. Taflodd hi'r bêl ac fe fownsiodd oddi ar ochr y cylch.

'Ble mae Arwel?' gofynnodd Gruff.

'Ydy e'n cael ei gosbi hefyd?' meddai Martin.

Roedd Beth yn teimlo'n ofnadwy. Roedd bod yn gaeth o dan ddaear yn dipyn gwaeth na gorfod aros i mewn fel cosb. Ochneidiodd. Byddai'n rhaid iddi ymddiried yn Martin a Gruff. 'Eisteddwch,' meddai.

Eisteddon nhw ar y tarmac.

Anadlodd yn ddwfn. Yna daliodd y ffôn symudol o'i blaen. 'Dyma'r unig beth sydd ar ôl o Arwel,' meddai.

Edrychodd Gruff ar y ffôn. 'Pe bawn i'n ei ffonio, fyddai e'n ateb?'

'Nid dweud ei fod e yn y ffôn y mae hi,' meddai Martin. 'Dweud bod y gweddill ohono yn rhywle arall y mae hi.'

Dechreuodd Beth esbonio.

'Beth y'n ni'n mynd i'w wneud?' holodd Gruff.

Ysgydwodd Martin ei ben.

'Dim syniad,' meddai Beth. 'Ond mae'n rhaid i ni feddwl am rywbeth.'

Ond doedden nhw ddim yn medru meddwl am unrhyw beth.

*

I Beth, llithrodd gweddill y diwrnod fel cwmwl ofnadwy o niwl. Fedrai hi ddim canolbwyntio ar ddim wrth iddi grwydro o ddosbarth i ddosbarth. Roedd hi wedi dweud celwydd wrth rieni Arwel ynghylch ble roedd ef. Roedd hi hyd yn oed wedi anfon neges destun at ei fam ar ôl i honno ofyn sut noson gafodd e gyda Martin.

'Gwych,' oedd yr ateb anfonodd Beth, ond teimlai'n ofnadwy.

Gwyddai y byddai'r gwir yn dod i'r golwg pan na fyddai Arwel yn dod adre o'r ysgol. Byddai'n colli'r ymweliad â'r theatr ac yna bydden nhw'n darganfod ei fod wedi diflannu oddi ar wyneb y ddaear.

Erbyn hanner awr wedi tri roedd Beth mewn panig llwyr. Doedd hi ddim yn gwybod ble i droi. Yn y diwedd penderfynodd mai'r unig beth y medrai wneud oedd mynd at rieni Arwel a chyfadde'r gwir.

Pan gyrhaeddodd gartref Arwel, gwelodd fod y lle'n fwrlwm o brysurdeb bodlon. Roedd ei Dad yn ei siwt smart yn pwyso yn erbyn Fiesta Steve, yn siarad ag asiant rygbi ar ei ffôn.

'Tecstia fi,' ailadroddodd dro ar ôl tro.

Roedd Steve a Tania ar frys yn gorffen gwisgo a Mam yn paratoi te i unrhyw un oedd ei eisiau.

'Ble mae e 'te?' mynnodd Tania, wrth weld Beth.

Fedrai Beth ddim ateb y cwestiwn. Dechreuodd grio.

Brysiodd tad Arwel ati a Steve yn dynn wrth ei sodlau. 'Beth sy, Beth?' holodd.

Allai Beth ddim stopio llefain.

'Arwel,' meddai Tania. 'Mae e wedi gwneud rhywbeth, on'd yw e? Mae e'n mynd i sbwylio popeth. Mae hi wedi dod i ddweud wrthon ni.'

'Dy'ch chi ddim yn deall,' llefodd Beth. 'Doedd e ddim yn bwriadu gwneud.'

Yr eiliad honno daeth mam Arwel allan i'r stryd. 'Ble mae Arwel?' holodd yn daer. 'Beth sy wedi digwydd iddo fe?'

Rhoddodd Dad y ffôn yn ei boced. Daeth golwg ddifrifol i'w wyneb. 'Beth sy wedi digwydd, Beth? Ble ma'r bachgen?'

Daliai Beth i grio.

'Ble'r aeth e neithiwr?' holodd Tania'n amheus. 'Oedd e wir gyda'r Gruff a'r Martin diflas 'na?'

Ysgydwodd Beth ei phen. 'Mae'n ofnadwy. Wnewch chi ddim credu pa mor wael ma pethau.'

Lledodd y panig. Dechreuodd Dad weiddi, 'Ble ma 'machgen i? Ble ma Arwel?'

Ceisiodd Steve siarad â Beth yn bwyllog, gan ofyn iddi pryd roedd hi wedi gweld Arwel ddiwethaf.

Rhuthrodd Mam i'r tŷ i ffonio'r ysgol.

Roedd Tania'n gandryll. 'Rhag ofn eich bod wedi anghofio, ry'n ni i fod i fynd i'r theatr heno. Dyw Arwel ddim yn mynd i ddifetha popeth eto.'

Ond doedd dim modd iddyn nhw fynd i unman. Nid heb Arwel. Gallai unrhyw beth fod wedi digwydd iddo. Arweiniwyd Beth i'r gegin a rhoddwyd bisgedi a the iddi.

'Pwylla!' sgrechiodd Dad.

'Fedra i ddim,' llefodd.

'Dy'n nhw ddim yn ateb,' meddai Mam, gan osod y ffôn 'nôl yn ei chrud. 'Beth, dwed wrthon ni ble mae e.'

'Sai'n gwybod. Wel, dwi *yn* gwybod, ond fyddech chi ddim yn 'y nghredu i.'

Trawodd Tania ei llaw yn galed ar y bwrdd. 'Stopia grio a dwed y cyfan,' cyfarthodd.

Torrodd ei geiriau drwy'r ffws a'r ffwdan. Aeth pawb yn dawel. Cymerodd Beth anadl ddofn. 'Dwi ddim yn credu y byddwch chi'n mynd i Gaerdydd heno,' dechreuodd. 'Ma Arwel...'

'...yma,' meddai Arwel, yn sefyll wrth ddrws y gegin, ychydig allan o wynt. 'Sori am fod yn hwyr.'

Ffrwydrodd y sŵn unwaith eto. Dechreuodd Beth lefain unwaith eto. Cafodd Arwel ei wthio tuag at y grisiau i fynd i newid. Aeth Dad yn ôl ar ei ffôn. Caeodd Steve ei ddyrnau fel petai newydd sgorio cais. A sibrydodd Tania'r geiriau 'Drama cwîn,' dan ei gwynt.

Awr yn ddiweddarach, roedd pawb – ar wahân i Beth – yn y Fiesta, wedi gwisgo ac ar eu ffordd i Gaerdydd. Roedd Arwel wedi gwasgu ei hun i'r sedd gefn ac wedi penderfynu y byddai'n well iddo gadw'n dawel ynglŷn â'i ddihangfa o'r Pwll Wyth Milltir.

Cafodd y gweddill, hyd yn oed Mam, noson fendigedig yn y theatr. Ond yno, pan bylodd y goleuadau, y cyfan fedrai Arwel feddwl amdano oedd y bachwr yn ceibio'r glo i rythm y gerddoriaeth.

Gorffennodd y sioe ar uchafbwynt, gyda'r gynulleidfa'n ymuno yn y gytgan. Roedd Tania a Steve yn gwybod y geiriau ac yn eu canu'n frwdfrydig. Roedd Arwel, hyd yn oed, yn clapio'i ddwylo i'r gerddoriaeth. Safodd ei dad ar ei draed a chymeradwyo. Chwarddodd Mam a chymeradwyo hefyd. Dywedodd mai hon oedd y noson orau iddi ei chael ers blynyddoedd.

'Diolch, bawb,' meddai Tania, wrth iddyn nhw barcio'r Fiesta tu fas i'r gwesty.

Pennod 17

Prynhawn drannoeth roedd Arwel yn ôl yn llyfrgell yr ysgol. Roedd arogl y cyrri'n dal yno. Ond doedd dim golwg o Beth. Edrychodd yn y llefydd arferol, y ddesg archebu, y cyfrifiaduron, y bwrdd coffi isel gyda'i sachau ffa mawr. O'r diwedd daeth o hyd iddi yn eistedd mewn cornel dywyll yn darllen.

'Mae'n rhaid i ni siarad,' meddai Arwel.

'Dwi ddim yn siarad â ti.'

'Pam hynny?'

'Ti'n 'y nhrin i fel twpsen.'

'Ond dwi'n gwybod sut i gael y bachwr mas o'r pwll.'

'Pam ddylwn i boeni am hynny?' meddai Beth. 'Ma hyn wedi mynd yn rhy bell – ti'n gwneud i ni i gyd edrych fel ffyliaid. Dwi mewn trafferth gyda Mam. Ti mewn trafferth gyda'r ysgol am golli gwersi. Mae Gruff a Martin yn cael eu cosbi hefyd.'

'Ges i 'ngharcharu mewn pwll ofnadwy. Roedd rhaid i mi lifio trwy gadwynau i ddianc. Fe lwyddais i i ffeindio siafft awyr a chrafu a chropian fy ffordd mas,' cwynodd Arwel.

'Pam na ddest ti â Rhif Dau gyda ti?'

'Roedd e'n rhy fawr i fedru mynd drwy'r twll. Fe dries i bopeth,' meddai Arwel, 'ond fe wnawn ni ei gael e mas. Mae'n rhaid i ni roi un cynnig arall arni.'

Ysgydwodd Beth ei phen, yn rhy flin i siarad.

'Beth am wylio ffilm gyda'n gilydd heno yn eich tŷ chi – ffilm sombi?'

'Na,' meddai Beth. 'Cer i grafu.'

Safodd Arwel yno am dipyn, ond roedd Beth yn benderfynol o'i anwybyddu. Syllodd ar ei llyfr nes iddo symud oddi yno. 'Ac un peth arall,' gwaeddodd hi ar ei ôl.

Oedodd Arwel wrth y drws.

'Allet ti fod wedi gofyn i fi a fyddwn i'n hoffi gweld y sioe. Aethoch chi i gyd bant yn y car heb feddwl dim amdana i. Gawsoch chi amser da?'

Gwthiodd Arwel ei hun drwy'r drws ac allan i'r coridor hir. Rywfodd neu'i gilydd roedd wedi llwyddo i gythruddo pawb.

*

Cadwodd Arwel draw o'r goedwig y noson honno. Aeth e ddim y noson wedyn na'r noson wedyn chwaith. Byddai'n crynu fel deilen ac yn ceisio canolbwyntio ar rywbeth arall cyn gynted ag y byddai'n dechrau meddwl am y Goruchwyliwr yn ceisio cyrraedd y targedau amhosibl eu cyflawni. Meddyliai am y sombis yn ymarfer ar gyfer gêm na fedren nhw mo'i hennill, am gosb Martin a Gruff ac am Beth yn gwrthod siarad ag ef. Wrth fynd i gysgu yr oedd yr amser gwaethaf. Breuddwydiai am y merlyn a Rhif Dau yn nyfnderoedd y pwll, yn ceibio tunnell ar dunnell o lo yng ngolau'r boeler.

Yna, un bore yn y gegin, gafaelodd Dad yn ei ysgwydd. 'Ni'n barod,' meddai.

Roedd Arwel yn bwyta darn o dost ar y pryd. Daliodd hwnnw i fyny o flaen ei wyneb. 'Siarad â'r tost,' wfftiodd.

Gafaelodd Dad ynddo a chnoi darn ohono. 'Ma hyn yn bwysig, fachgen,' meddai, gan boeri briwsion dros y lle. 'Ma pethau'n digwydd.'

'Beth y'ch chi'n feddwl?' gofynnodd Arwel.

'Ma gyda ni dîm yn barod i chwarae, a chae. Ma'r gêm yn mynd i gael ei chynnal,' meddai, gan ollwng y ffôn symudol i'w boced.

'O!' meddai Arwel, fel petai ei dad yn trafod trip i'r archfarchnad.

'Ti'n deall, Arwel? Dwi wedi gorffen ffonio pawb a threfnu – mae'r amser i berfformio wedi dod. Dere gyda fi.'

Arweiniodd Dad ef o'r stafell fyw, drwy'r cyntedd ac allan i'r stryd.

'Beth y'n ni'n ei neud mas fan hyn?'

'Aros eiliad,' meddai Dad.

Ymddangosodd car Alpha Romeo coch llachar ar waelod Stryd Gorwelion. Rhuai'r injan yn felys wrth i'r car lithro tuag atyn nhw. Agorodd y ffenest. 'Chi'ch dau, neidiwch i mewn,' meddai'r gyrrwr.

Ymhen ychydig funudau roedden nhw'n tasgu ar hyd y draffordd, Arwel wedi'i wasgu i mewn i'r sedd gefn gyfyng, a'i dad a'r gyrrwr yn trafod chwaraewyr rhyngwladol, cytundebau teledu a'r 'gêm'. Roedd gan y gyrrwr wallt gwyn cyrliog a siaradai ag acen ryfedd. Galwai ei dad ef yn 'mêt', fel petai'n ei adnabod yn dda.

'Ry'n ni'n nabod ein gilydd ers amser maith, Arwel. Yn yr hen ddyddiau fe gwrddon ni ar y cae...pan oedd Seland Newydd ar daith.'

'Ydych chi'n un o'r Crysau Duon?' holodd Arwel.

'Pan fyddwch chi'n gwisgo'r crys unwaith, fedrwch chi mo'i dynnu,' chwarddodd y dyn.

Roedd Arwel yn gegagored.

'Ma Bob yn gweithio yn y busnes. Mae'n rheoli tîm mawr ac mae e wedi addo fy helpu i,' eglurodd Dad. 'Cyn hynny roedd e'n chwarae dros Seland Newydd.'

'Ma dy dad di'n foi arbennig,' meddai Bob. 'Pan wedodd e bod ganddo dîm o enw'r Sombis a oedd yn chwilio am gêm, wel, allen i ddim gwrthod, yn na allen?'

Sgrialon nhw oddi ar y draffordd ac yn fuan stopiodd y car tu fas i stadiwm newydd enfawr. Ochneidiodd Arwel a'i dad mewn rhyfeddod wrth iddyn nhw gamu allan o'r car.

'Dyma'r lleoliad,' meddai Bob. 'Dwi wedi gwneud dêl â'r criw teledu – gewch chi'ch gweld ar draws y byd.'

'Da iawn, wir,' meddai Dad.

Teimlodd Arwel gynnwrf yn ei galon. Gallai ddychmygu'r stadiwm yn llawn pobl yn paratoi ar gyfer y gêm agoriadol. Roedd lorïau anferth yn cyrraedd, yn cario ceblau teledu a lloerenni, ac roedd pawb fel tasen nhw'n adnabod ei dad.

'Ddim yn ffôl, weden i,' sibrydodd Dad wrth Arwel wrth iddyn nhw gamu allan ar y cae, 'i gyn-aelod o bwyllgor Clwb Rygbi Aberarswyd.'

Ochneidiodd Arwel eto. Codai rhesi o seddau o'r cae. O dan y llifoleuadau, a oedd yn cael eu profi, roedd gweithwyr yn fforchio'r borfa las.

'Dwi'n edrych mlaen at weld y gêm gyntaf,' meddai Arwel.

'Hy! Fydd gyda ti ddim cyfle i weld dim,' meddai ei dad, 'achos fe fyddi di'n rhy brysur yn chwarae.'

'Dim gobaith,' wfftiodd Arwel, wrth iddyn nhw gerdded ar y borfa a oedd wedi cael ei thorri'n fyr.

'Ma gyda ni chwaraewyr rhyngwladol o bedwar ban byd,' meddai Bob wrth iddo'u dilyn ar y cae. 'Roedd ar sawl un ohonyn nhw ffafr i dy dad a finnau.'

'Fydd hi ddim yn gêm ryngwladol iawn, wrth gwrs,' eglurodd Dad, 'ond bydd hi'n siŵr o roi rhywbeth i dy fechgyn di a phwyllgor Aberarswyd i feddwl amdano.'

'Beth y'ch chi am alw'r tîm?' holodd Arwel. Dechreuodd redeg ar y cae. Roedd yn teimlo'n dda, yn hyderus – yn union fel y teimlai dro yn ôl.

'Pymtheg o chwaraewyr gwadd y'n nhw, felly does dim enw ar y tîm. A chan fod gan bob un ohonyn nhw gytundebau gyda chlybiau eraill, dyw hi ddim yn bosib jyst ffurfio tîm newydd. Ond mae'r chwaraewyr i gyd yn barod i wneud ffafr â hen ffrind, felly allwn ni ddod i ben â manion felly.'

Ar ôl iddyn nhw gael eu tywys o gwmpas y stadiwm cawson nhw eu hebrwng adre. Ysgydwodd Bob law Arwel. 'Edrych mlaen at y gic gyntaf,' meddai. 'Pleser cwrdd â ti, Arwel. Mae dy dad yn dweud wrtha i dy fod ti'n wych ar y cae 'na.'

Chwarddodd Arwel yn nerfus. 'Pryd mae'r gêm?' holodd.

'Nos Fercher. Maen nhw'n dweud bod dy fechgyn di'n chwarae'n well fin nos.'

A chyda hynny, dyma'r Alpha Romeo Spider 8C yn taranu allan o Stryd Gorwelion, gan adael Arwel a'i dad yn sefyll ar y palmant. Am ychydig, ddywedon nhw'r un gair gan fod y ddau wedi ymgolli'n llwyr yn eu meddyliau.

'Ma 'da ni Lamborghini Gallardo lan yn y goedwig,' meddai Arwel yn dawel.

*

'Bydd y bechgyn wrth eu bodd, Arwel,' meddai Delme yn hwyrach y noson honno. 'Maen nhw wedi dechrau mynd yn ddiamynedd. Ond sut allwn ni ymdopi heb fachwr? Ry'n ni un sombi'n brin o gael tîm llawn. Ac mae Glyn yn dal heb un o'i goesau.'

'Dwi wrthi'n ceisio datrys y broblem,' meddai Arwel. 'Jyst daliwch ati i ymarfer. Mae gyda ni tan ddydd Mercher.'

Ond doedd fawr o hyder yn llais Arwel.

Pennod 18

Roedd y diwrnodau nesaf yn nhŷ Arwel yn fwy gwallgo nag arfer. Roedd y ffôn yn canu'n barhaus. Galwai newyddiadurwyr y teledu a'r papurau newydd, a chyrhaeddai chwaraewyr rygbi – rai ohonyn nhw'n enwog – mewn ceir cyflym. Dod i weld Dad oedden nhw. Roedd Tania, hyd yn oed, yn dechrau cynhyrfu.

Fore Mercher, safai Dad yn y gegin. 'Dyna ni,' meddai'n benderfynol, gan arllwys dŵr berwedig ar gwdyn te mewn mwg. 'Mae'r amser i drafod wedi dod i ben – amser rygbi fydd hi o hyn ymlaen. Wyt ti a'r bechgyn yn barod?'

Nodiodd Arwel ei ben yn araf. Roedd diwrnod y gêm wedi cyrraedd. Doedd e ddim wedi gweld y sombis ers iddo siarad â Delme. Doedd Beth ddim yn siarad ag ef o hyd a newydd gael eu rhyddid roedd Gruff a Martin. Doedd e ddim yn barod. 'Fe fyddwn ni'n barod,' meddai'n dawel, cyn gadael am yr ysgol ar frys.

*

Safai Arwel tu fas i'r stafelloedd newid yn edrych ar restr y timoedd. Gallai glywed Mr Edwards yn rhoi ei bregeth. 'Ymdrech gant y cant fechgyn; nage, cant a deg y cant.'

Swniai'n debyg i'r Goruchwyliwr, meddyliodd Arwel, ond yn llai dychrynllyd. Roedden nhw hyd yn oed yn edrych ychydig yn debyg i'w gilydd.

Yr eiliad honno, cyrhaeddodd Gruff. Trawodd Arwel ar ei gefn gan wneud iddo neidio. Ymddangosodd Martin o rywle hefyd, gan fwrw Arwel yn fwy cyfeillgar.

'Heno amdani 'de,' meddai Martin.

'Oes tîm llawn 'da chi?' holodd Gruff.

Roedden nhw'n llawn cyffro, yn enwedig gan fod eu cosb wedi dod i ben o'r diwedd. Roedd pawb yn siarad am y gêm.

Ysgydwodd Arwel ei ben. 'Na, dyw'r tîm ddim yn gyflawn, a does gyda ni ddim bws i fynd â ni i'r cae. Ry'n ni mewn twll a dweud y gwir.'

Sylwodd Arwel ar Beth yn cerdded i lawr y coridor, yn gafael mewn papur newydd.

'Dwi'n gweld bod y sombis yn chwarae heno,' meddai, gan bwyntio at y tudalennau chwaraeon.

Ysgydwodd Arwel ei ben. 'Bydd raid iddi fod yn gêm tri chwaraewr ar ddeg, a dim gwthio yn y sgrymiau,' meddai. 'Dwi ddim yn meddwl ei bod hi'n werth chwarae. Ni'n mynd i gael crasfa. Ti wedi gweld pwy sy'n chwarae yn ein herbyn?'

Darllenon nhw drwy restr y chwaraewyr roedd Dad a'i ffrind o Seland Newydd wedi'i pharatoi. Roedden nhw'n dod o bob rhan o'r byd: Awstralia, Ffrainc, Ariannin, Lloegr, yr Alban, Iwerddon a Chymru. Ar waelod y rhestr roedd enw ei dad, a'r teitl crand,

'Cadeirydd Pwyllgor Rygbi Sombis a Phennaeth Datblygu Chwaraeon'.

'Ma sawl un o'r ysgol yn mynd,' meddai Beth.

'Ma 'na bobl o bobman yn dod,' ychwanegodd Martin.

'Trueni fod y bachwr yn dal yn sownd mewn twll yn y ddaear,' ychwanegodd Gruff.

'Oes cit newydd gyda chi?' holodd Beth.

Doedd Arwel ddim wedi meddwl am hyn. Ysgydwodd ei ben.

'Hyfforddwr? Ffisio? Rheolwr? Bws?' holodd Martin.

'Wel, doeddech chi'ch dau ddim ar gael ac roedd Beth yn gwrthod siarad â fi. Doedd gen i neb arall i fy helpu i,' meddai Arwel.

'Felly beth yn union yw dy gynllun di?'

'Casglu'r sombis am chwech o'r gloch, dal bws, chwarae rygbi, cael ein chwalu, dal bws adre,' atebodd Arwel.

Cerddodd Gilligan heibio. 'Dwi'n mynd i wylio dy dîm di heno. Mae'n mynd i fod yn hwyl,' meddai. 'Ambiwlans fydd eisiau arnoch chi i ddod 'nôl fan hyn.' Chwarddodd Gilligan ar ei jôc wrth iddo droi am y stafelloedd newid.

'Mae e'n iawn,' meddai Arwel. 'Ma Dad wedi bod yn gwisgo'r un siwt ers wythnos, mae'n gyrru o gwmpas mewn car cyflym gyda'i ffrind o Seland Newydd ac mae e wedi llwyr anghofio pwy y mae e i fod i'w cynrychioli. Mae'r tîm gwadd yn mynd i roi crasfa i ni.'

114

'Well i ti ddod gyda ni,' meddai Martin.

'I ble? Ydyn ni'n mynd i redeg bant?' holodd Arwel yn obeithiol.

'Does unman i redeg iddo,' meddai Beth gan wincio.

'Dewch i ni fynd i'r Adran Gelf,' awgrymodd Gruff, wrth iddyn nhw gerdded i lawr y coridor hir.

'Gwrandewch nawr – ta beth y'ch chi wedi bod yn 'i wneud fan 'na, sdim diddordeb 'da fi. Tra eich bod chi 'di bod yn taflu paent ar waliau ac yn trio cysylltu â'ch teimladau mewnol, dwi 'di bod mas fan 'na'n trio delio â phroblemau criw o sombis.'

'Gei di weld,' meddai Beth wrth iddyn nhw droi oddi ar y coridor hir gan ddringo'r ychydig risiau a arweiniai i'r stafell gelf. Yno, ar y bwrdd, roedd pentwr o grysau rygbi.

Gafaelodd Gruff yn un ohonyn nhw. 'Fi gynlluniodd nhw,' meddai'n falch.

Roedd y crys yn ddu a phatrwm sgerbwd llwyd ar y blaen. Ar y cefn roedd y gair 'sombis' mewn llythrennau mawr coch uwchben y rhif.

'Waw!' ebychodd Arwel. 'Maen nhw'n wych.'

'Mae'n syndod beth allwch chi ei wneud o roi eich meddwl ar waith yn ystod oriau cosb,' meddai Beth, gan ddal y crys o'i blaen a dawnsio o gwmpas y stafell.

'Faint ohonyn nhw sy gyda chi?' holodd Arwel.

'Digon,' atebodd Martin, 'digon ar gyfer y tîm a'r hyfforddwyr i gyd. Doedden ni ddim eisiau ymddangos ar y teledu yn edrych fel criw o ffyliaid.'

'Syniad Beth oedd e,' meddai Gruff. 'Cawson ni'n dal yn colli gwersi, felly awgrymodd Beth y gallen ni ddod i wau a gwnïo. Cytunodd yr athrawon ei bod yn gosb ardderchog.'

'Y cwbwl wnes i oedd dangos iddyn nhw sut i'w wneud e,' meddai Beth.

'Ond doeddet ti ddim yn cael dy gadw mewn.'

'Na. Fe wnes i helpu'n wirfoddol. Doedd gan y ddau yma ddim clem,' meddai gyda gwên.

Gwenodd Gruff a Martin hefyd. Doedd dim ots gyda nhw glywed Beth yn gwneud hwyl ar eu pennau. Byddai unrhyw un arall wedi cael crasfa.

'Ma gyda ni git, baneri, hetiau, y cyfan, hyd yn oed bisgedi cŵn – dy'n ni ddim eisiau iddyn nhw fynd yn wirion unwaith eto,' meddai Martin. 'Helpwch fi i'w rhoi nhw yn y bocs 'ma ac fe awn ni â nhw i'r tîm ar ôl ysgol.'

*

Pan welodd Delme a'r gweddill y cit, goleuodd eu llygaid. Roedden nhw wedi bod yn ymarfer yn galed, fel roedd Arwel wedi gofyn iddyn nhw wneud. Roedden nhw'n gwybod bod y gêm o'u blaenau ac roedden nhw mor barod ag y gallen nhw fod.

Neidiodd Glyn Griffiths draw at Arwel. 'Edrych,' meddai'n ddifrifol. 'Dwi ddim mor gyflym ar un goes, a fedra i ddim ochrgamu, ond dwi'n gallu taclo.'

Gosododd Arwel ei law ar ysgwydd Glyn. Doedd e

ddim yn gwybod beth i'w ddweud. Teimlai mai Glyn oedd un o'r sombis dewraf roedd wedi cwrdd ag ef erioed.

Torrodd llais Delme ar eu traws. 'Ma pedwar chwaraewr ar ddeg yn well na dim, Arwel. Ry'n ni yma i dy helpu.'

Ar ôl i'r sombis wisgo'u crysau unigryw roedd hyd yn oed Arwel yn teimlo'n wahanol.

'Iawn, bawb,' meddai Delme. 'Amser mynd am dro. Beth, Martin a Gruff, neidiwch ar ysgwyddau'r ail reng. Arwel, ar 'y nghefn i – ni'n mynd i redeg i'r cae. Mae'n daith o ryw ugain milltir. Byddwn ni yno mewn digon o amser.'

'Arhoswch!' gwaeddodd Arwel. 'Allwn ni ddim mynd eto. Mae'n rhaid i ni wneud un peth.'

Edrychodd Delme ar ei dîm, ac ar Beth, Martin a Gruff. Roedden nhw i gyd yn barod i fynd.

'Cyn i ni wneud dim, mae'n rhaid i mi ddweud rhywbeth wrthoch chi,' meddai Arwel. 'Ein harwyddair. Chi'n ei gofio fe? "I'r gad".'

'Am beth y mae e'n siarad nawr?' holodd Gruff.

'Cân brotest gan Dafydd Iwan,' eglurodd Beth, 'er dwi ddim yn meddwl bod Arwel yn gwybod hynny.'

'Gyda'n gilydd, bawb,' meddai Arwel. 'Dilynwch fi.'

Pennod 19

Wrth i'r dorf ddechrau ymgasglu yn y stadiwm, roedd Dad yn y maes parcio'n cyfarch y chwaraewyr. Edrychodd i'r awyr uwch ei ben gan wylio hofrenydd yn hofran cyn glanio. Roedd y tîm gwadd wedi cyrraedd.

Gerllaw, roedd Bob yn sefyll, yn smart yn ei siaced Crysau Duon. 'Does dim sôn am dîm y gwrthwynebwyr o hyd,' meddai.

'Paid â phoeni am Arwel,' atebodd Dad. 'Fe fyddan nhw yma nawr. Maen nhw'n hoff o dynnu sylw atyn nhw'u hunain wrth gyrraedd unrhyw le.'

*

Cyn gynted ag y cyrhaeddon nhw'r Pwll Wyth Milltir, arweiniodd Arwel y sombis heibio'r ffens ger y fynedfa ac ymlaen i'r twll y llwyddodd i ddianc drwyddo. Dyma'r ffordd i lawr at y merlyn, y goes goll a Rhif Dau...heb sôn am y Goruchwyliwr.

Dechreuodd y sombis sibrwd ymysg ei gilydd wrth i Arwel egluro'i gynllun. Roedden nhw eisoes yn gwisgo'u cit newydd ac yn gyndyn iawn i wrando ar air o'i enau. Chwarae rygbi oedd yr unig beth ar eu meddwl. Roedden nhw hefyd yn gofidio am y Goruchwyliwr a'i amddiffynfeydd stêm pwerus. Roedd rhai ohonyn nhw wedi bod yn lowyr yn y gorffennol ac yn ofni y bydden nhw'n cael eu gorfodi i weithio yn y pwll unwaith eto.

Ond roedd Arwel yn benderfynol. 'Allwch chi ddim chwarae heb fachwr, nid chwarae'n iawn. Mae'n dweud yn y rheolau. Yn gam neu'n gymwys, mae'n rhaid i ni achub Rhif Dau. Chi'n cofio i mi ddweud y buaswn i'n meddwl am gynllun? Wel, dyma fe. Bydd eisiau rhaff arnon ni. Wedyn bydd eisiau i ni ddechrau ceibio – dyw'r twll yma ddim yn ddigon mawr i'r merlyn a Rhif Dau allu dod drwyddo. Wedyn, bydd raid i ni rannu'n grwpiau. Bydd Beth, Gruff a Martin yn arwain y blaenwyr i geg y pwll, a gall y cefnwyr weithio'r rhaff.'

*

Roedd Dad eisoes yn sedd yr hyfforddwr ar ochr y cae. Roedd y llifoleuadau'n disgleirio'n arian dros y miloedd o bobl oedd yn llenwi'r stadiwm. Doedd e ddim yn gallu credu'r olygfa o'i flaen. Cododd ei law ar Mam. Roedd hi'n eistedd gyda Tania a Steve ger y llinell hanner.

Roedd Bob yn eistedd wrth ymyl Dad. 'Ddim yn ffôl, wir, Mr Rygbi. Mae'r pwyllgor yna oedd gyda ti'n ffyliaid i gyd!'

Teimlodd Dad rywun yn tynnu ei lawes – gŵr byr mewn côt frethyn hir a chap fflat. 'Alla i ymuno â chi?' holodd Benbow. 'Ma holl aelodau'r pwyllgor a thîm rygbi Aberarswyd yn eistedd lan fan 'co,' meddai gan

119

wenu. 'Rhesi ZB 145 i ZZ 330. Dy'n nhw ddim wedi gweld dim byd tebyg i hyn o'r blaen.'

Gwenodd Dad yn llydan a syllu i ganol y dorf, ond allai e ddim gweld yr un wyneb yn ddigon clir i'w adnabod yn iawn.

'Gobeithio nad oes ots gyda ti ein bod ni wedi dod,' meddai Benbow. 'Dwi ddim wedi colli'r un gêm erioed.'

'Ti'n siŵr na fyddai'n well gyda ti eistedd yng nghanol criw Aberarswyd?'

'Na!' atebodd Benbow. 'Dwi gyda ti. Ond cofia, falle fod y crys piws 'na'n mynd ychydig dros ben llestri.'

Anwybyddodd Dad y sylw. Gwyddai fod ei wisg yn drwsiadus. 'Gwisgo i greu argraff,' meddai. 'Os wyt ti eisiau gadael dy farc ar y byd, mae'n rhaid i ti wneud ymdrech.'

Edrychodd Benbow arno'n ofalus o'i gorun i'w sawdl. 'Ti'n edrych yn wych,' meddai, 'ac mae dy dîm di'n anhygoel hefyd. Er efallai, braidd yn ddi-ddal. Ble maen nhw, 'ta beth?'

'Paid â becso,' meddai Dad.

Roedd y tîm gwadd eisoes allan ar y cae'n cynhesu, gan redeg yn yr unfan, yn cicio a phasio'r bêl. Rhuthrai'r blaenwyr am fagiau taclo gan eu gwthio'n ddiseremoni allan o'r ffordd.

O gwmpas y cae, roedd camerâu teledu'n paratoi eu symudiadau o gwmpas yr ystlys a'r newyddiadurwyr yn y bocsys uwchben yn troi eu microffonau ymlaen ac yn dechrau darlledu.

Yn un o gêmau mwyaf anhygoel y cyfnod modern, mae Cymro bach o dref ddigon dinod... Ymddiheuriadau, gadewch i mi gywiro fy hun, Cymro digon di-nod o dref fach yng nghanol cymoedd y de wedi llwyddo i gyflawni rhywbeth cwbwl arbennig. Ar ôl deugain mlynedd a mwy o wasanaeth diflino i Glwb Rygbi Aberarswyd, mae Mr Rygbi wedi cyrraedd y brig o'r diwedd. Drwy dynnu ar ei gysylltiadau ar hyd a lled y byd, llwyddodd i gasglu tîm o chwaraewyr byd-enwog at ei gilydd i fynd benben â thîm nad oes neb yn gwybod rhyw lawer amdanyn nhw: y Sombis Rygbi. Prin yw'r manylion sydd ar gael am y tîm hwnnw – o ble maen nhw'n dod na phwy sy'n perthyn i'r tîm. Mae sibrydion mai dim ond tair ar ddeg oed yw eu maswr. Dywedir hefyd eu bod yn chwarae fel tasen nhw'n arallfydol. Beth bynnag eu cefndir a beth bynnag yw'r gwir y tu ôl i'r ffenomenon, does dim amheuaeth fod y tîm yma o ddieithriaid rhyfedd wedi llwyddo i danio dychymyg dilynwyr rygbi o bob oed. Mae heno'n argoeli i fod yn achlysur arbennig iawn.

*

'Gwrandewch am y gorchymyn,' gwaeddodd Arwel wrth i bedwar sombi ei helpu i mewn i'r siafft awyr. Gwichiodd y rhaff a siglo yn ôl ac ymlaen wrth iddyn nhw ddechrau gollwng Arwel i lawr i'r tywyllwch. Yna, llaciodd y rhaff yn sydyn. Roedd Arwel wedi cyrraedd y gwaelod. Atseiniodd gwaedd drwy'r siafft. 'Nawr!'

Ar yr wyneb, roedd y waedd wedi cyrraedd clustiau'r cefnwyr, a dyma nhw hefyd yn gweiddi 'Nawr!' nerth eu pennau i lawr y cwm.

O ddiogelwch Rhodfa Tom Jones, clywodd Martin y waedd a sgrechiodd yntau, 'Nawr!'

Cyn gynted ag y clywodd Beth hithau'r waedd wrth geg y Pwll Wyth Milltir, rhedodd i'r stafell gerllaw lle roedd y blaenwyr wedi ymgasglu. 'Nawr!' gwaeddodd.

'Sdim eisiau gweiddi,' meddai Delme. 'Ma clustiau gyda rhai ohonom ni o hyd.' Wedyn, dyma fe'n troi at y blaenwyr a rhuo: 'Reit! Pawb i'w le! I'r gad!'

*

Yn y cyfamser, roedd Arwel wedi cripian allan o'r siafft i'r fan lle roedd Rhif Dau yn dal i weithio. Cyffyrddodd â'i ysgwydd ac amneidio arno i ollwng ei raw ac estyn y rhaff iddo. Wedyn, aeth Arwel i chwilio am y merlyn a'i arwain wrth ei harnais i'r siafft awyr. Ar hynny, daeth sŵn rhuo ofnadwy injan y Goruchwyliwr i'w glustiau, yn gymysg â sŵn gweiddi a sgrechian y sombis. Dyna beth oedd helynt. Roedd y cynllun yn gweithio. Roedd y Goruchwyliwr a'i beiriannau stêm yn cael eu cadw'n brysur.

*

Roedd y cloc yn dal i dician. Roedd y newyddiadurwyr yn dechrau rhedeg allan o bethau i'w dweud. Doedd dim chwaraewyr ar y cae bellach. Rhedodd y sylwebydd teledu drwy enwau chwaraewyr y tîm gwadd am y seithfed tro:

O Iwerddon y daw'r ddau ganolwr chwim. Byddan nhw'n awyddus i adael eu marc ar y gêm; o Ffrainc wedyn y daw'r ddau yn yr ail reng: cewri yn wir; ac mae yma chwaraewyr o Awstralia, Lloegr ac o bedwar ban . . . ond dydyn nhw ddim ar y cae ar hyn o bryd. A dweud y gwir, does neb allan yno. Un tîm yn unig sydd wedi cyrraedd y stadiwm mor belled ac mae ambell garfan ymysg y dorf yn dechrau anesmwytho. Maen nhw wedi dechrau curo dwylo'n araf.

O'u seddau wrth ochr y cae, roedd Bob a Dad yn dechrau edrych yn nerfus. Gwnaeth Benbow ei orau i gysuro'r ddau ond gallai weld nad oedd y gŵr o Seland Newydd yn hapus o gwbwl. Edrychai ar ei oriawr yn gyson ac ysgwyd ei ben.

*

'Tynnwch!' gwaeddodd Arwel.
    Ar ben y siafft, roedd Glyn a'i ddau ganolwr yn tynnu'r rhaff oedd wedi ei gollwng i lawr i'r siafft awyr orau ag y gallen nhw. Dechreuodd symud i fyny'n araf.

O'r diwedd, er mawr ryddhad i bawb, dringodd Rhif Dau a'r merlyn allan o'r siafft ac Arwel yn dynn wrth eu sodlau. 'Dewch glou!' gwaeddodd, gan daflu crys rygbi at Rif Dau. 'Does dim amser i'w golli. Gwisga honna. Mae gêm gyda ni i'w chwarae.'

Chwerthin wnaeth Rhif Dau wrth wisgo'i grys dros ei ysgwyddau llydan. 'Yn gwmws fel slawer dydd,' gwenodd.

Roedd y merlyn bach yn ei chael hi'n anodd gweld yn iawn, ac roedd yn agor a chau ei lygaid. Cydiodd Arwel yn y rhaff a oedd yn dal yn sownd am ei wddf. 'Gobeithio nad oes ots gyda ti gario hwn,' sibrydodd yng nghlust y merlyn, wrth daflu bag sbwriel ar ei gefn.

Plygodd y merlyn ei ben tua'r llawr a chychwynnodd y criw ar eu taith tua mynedfa'r pwll. Dechreuodd y merlyn synhwyro'r awyr iach gan weryru ac ysgwyd ei fwng yn frwd, er bod ei lygaid yn dal i gael trafferth i ymgyfarwyddo â'u hamgylchiadau newydd.

Cyn gynted ag y cyrhaeddon nhw geg y pwll gallai Arwel weld bod blaenwyr y sombis mewn trafferthion. Roedd y Goruchwyliwr yn dynn wrth eu sodlau. Roedd Delme a'r pac yn udo mewn poen ac yn hollol gandryll wrth i fflachiadau o dân saethu o ganol y mwg a'r stêm

'Dewch o 'ma, glou!' gwaeddodd Arwel. 'Dewch, wir!'

Doedd dim angen dweud ddwywaith wrth y

sombis. Allan â nhw o'r pwll gan dagu a phoeri trwy gwmwl o barddu.

Gam neu ddau y tu ôl iddyn nhw roedd y Goruchwyliwr. Chwyrnodd yn gas wrth weld Rhif Dau yn ei grys rygbi newydd. 'Ar ôl canrif a mwy, rwyt ti'n dal i ddianc o'r lle 'ma i chwarae rygbi. Ond ti'n gwybod beth, Rhif Dau? Fyddi di byth yn llwyddiant.'

Cododd Rhif Dau ei ysgwyddau. 'Alla i ddim byw o dan ddaear am byth!'

Ffrwydrodd y Goruchwyliwr yn llawn cynddaredd gan neidio i ben ei injan stêm. Dechreuodd dynnu'r lifer mawr pres. Ond yn lle symud ymlaen, llithrodd yr injan tuag yn ôl yn sydyn, gan adael cwmwl o barddu du yn hofran yn yr awyr uwchben. Wrth i'r injan ddiflannu i grombil y pwll glo, dechreuodd y Goruchwyliwr weiddi'n groch: 'Fe ga i afael ynot ti – a'r tro yma, nid dim ond ti, Rif Dau – mae dyled arnoch chi i fi, bob un. Bydd raid i bob sombi, bob merlyn a phob plentyn weithio mwy o oriau fyth yn y pwll glo 'ma er mwyn cyrraedd y targed. Fe ga i afael mewn glowyr, o gwnaf!'

Cododd Delme ei law fel petai'n trio dal cleren. 'Neidia ar f'ysgwyddau i, Arwel. Ry'n ni'n hwyr!'

*

Trodd y gŵr o Seland Newydd at Mr Rygbi. 'Ai gwastraff amser yw hyn i gyd? Fe ddweda i'n blwmp ac yn blaen – mae'n gas gen i edrych fel ffŵl. Ble ma'r Sombis?'

Roedd stiwardiaid wedi cerdded ar y cae erbyn hyn. Dechreuodd y dorf ddangos eu dicter drwy weiddi 'Hisss!' a 'Bwww!' dros ambell gyhoeddiad ar yr uchelseinydd. 'Ymddiheurwn am yr oedi. Ceir ad-daliad llawn i bawb heno os bydd angen canslo'r gêm.'

Edrychodd Dad o'i gwmpas yn daer. Roedd y Sombis Rygbi wedi cyrraedd yn ddigon hwyr y tro diwethaf. Ond y tro hwn, meddyliodd, roedden nhw'n mynd yn rhy bell. Dychmygodd aelodau pwyllgor Aberarswyd yn gwneud hwyl am ei ben lan yn rhesi ZB 145 a ZZ 330.

Tynnodd Benbow ar ei lawes unwaith eto. 'Dwi ddim eisiau swnio'n gas, ond os gwnawn ni ddianc allan o'r lle 'ma nawr, falle y llwyddwn ni i gyrraedd adre cyn i ni gael cweir gan neb.'

Gwasgodd Dad ei hun i'w sedd wrth ymyl y cae. Doedd e ddim yn mynd i unman.

*

Cafodd Arwel brofiad mwyaf anhygoel ei fywyd ar ysgwyddau Delme wrth i hwnnw redeg fel y gwynt i gyfeiriad y stadiwn. Yr un oedd hanes Beth, Gruff a Martin hefyd, meddyliodd Arwel, wrth iddyn nhw hefyd gael eu cario ar ysgwyddau rhai o'r sombis eraill. Aeth Glyn a'r merlyn yn ei Lamborghini gan ddilyn y lleill. Roedden nhw'n rhuthro yn eu blaenau, eu camau'n llyncu'r tir. Doedd dim yn eu rhwystro bellach – dim hyd yn oed ambell dro cas – wrth iddyn nhw hyrddio drwy a thros bopeth. Gallai Arwel glywed sgrechiadau'r lleill wrth iddyn nhw chwalu waliau concrid, neidio dros afonydd a hedfan ar hyd strydoedd tywyll. Roedd y sombis fel pac o fleiddiaid yn symud drwy'r tywyllwch.

Erbyn iddyn nhw gyrraedd y stadiwm, roedd y dorf rwgnachlyd wedi dechrau gadael. Doedd dim amser i'w golli. Neidiodd Arwel a'i ffrindiau i lawr oddi ar ysgwyddau'r sombis wrth i Glyn arwain y merlyn allan o'i gar. Casglodd y criw yn ddwy res daclus a chan gydio yn rhaff y merlyn, arweiniodd Arwel ei dîm drwy fynedfa'r chwaraewyr i gyfeiriad y cae.

'Pam dod â'r merlyn, Arwel?' holodd Beth. 'All e ddim chwarae.'

'Ma mascot gan bob tîm,' meddai Arwel. 'Dyma'n mascot ni.'

'Oes enw ganddo?' holodd Beth eto.

Ysgydwodd y merlyn ei ben.

'Dwi'n amau,' meddai Arwel. 'Roedd e'n anlwcus i gael hen berchennog diflas.'

'*Anlwcus*,' wfftiodd Beth yn feddylgar. 'Ma hynny'n gwneud synnwyr os wyt ti'n sombi o fascot.' Anwesodd y merlyn bach, a ymddangosai fel petai'n gwenu. 'Beth am dy alw di'n "Lwcus"? Mae'n hen bryd i ti ddechrau mwynhau dy hun.'

Gallai Arwel ddweud nad oedd y merlyn yn gallu gweld yn dda iawn. Chafodd y llifoleuadau ddim effaith o gwbwl arno, a daliodd ati i gerdded yn bwyllog.

Roedd y cyflwynydd ar fin canslo'r gêm. Roedd Dad a Bob wedi dechrau dadlau ymysg ei gilydd wrth ymyl y cae. Roedd chwaraewyr y tîm gwadd yn eistedd ar y borfa, yn barod i fynd adref ac roedd y stadiwm eisoes yn hanner gwag pan gerddodd Arwel i'r cae gyda Lwcus. Roedd y sombis, yn eu crysau newydd ysblennydd, yn eu dilyn yn falch. Taflodd Arwel gip sydyn o'i gwmpas ar y cae dan y llifoleuadau.

Tawelodd y dorf a stopiodd y cyflwynydd siarad. Roedd hyd yn oed y sylwebyddion ym mocsys y wasg yn ei chael hi'n anodd meddwl am rywbeth i'w ddweud. Roedd y Sombis Rygbi wedi cyrraedd. Roedd pawb yn gegrwth.

'Ma gyda nhw geffyl,' tagodd y cyflwynydd. 'Maen nhw wedi cyrraedd, a rhaid i fi ddweud, dwi ddim wedi gweld tîm o chwaraewyr rygbi mor hyll yn 'y myw. Dim ond un goes sydd gan eu hasgellwr.'

Fyny fry yn yr eisteddle, dechreuodd rhywun guro dwylo. Yn raddol, lledodd y gymeradwyaeth drwy'r dorf i gyd nes bod y stadiwm gyfan yn grochan berw o sŵn. Dychwelodd y dorf i'w seddi unwaith eto a thaflodd rhywun bêl at Arwel. Ond cyn iddo fe gymryd y gic gyntaf, cofiodd rywbeth a gosod y bêl ar y llawr. Tynnodd y bag sbwriel du oddi ar gefn Lwcus a rhuthro draw at Glyn, a oedd yn ceisio sefyll gorau ag y medrai ar un goes. Gan drio peidio denu sylw, estynnodd Arwel y goes goll i'r asgellwr. 'Gobeithio nad oeddet ti'n meddwl mod i wedi anghofio am hon.'

'Wel,' meddai Glyn. 'Doeddwn i ddim eisiau dy boeni di.' Gwthiodd y goes yn ôl i'w lle a'i hysgwyd ychydig. 'Dyna welliant.'

'Cywiriad,' meddai'r cyflwynydd. 'Ma gan yr asgellwr ddwy goes bellach.'

Arweiniodd Martin Lwcus draw at yr ystlys. Taflodd rhywun y bêl at Arwel unwaith eto. Cododd hi'n uchel uwch ei ben er mwyn i bawb ei gweld. Dechreuodd y dorf gymeradwyo a gweiddi'n frwd. Roedden nhw wedi bod yn amyneddgar iawn. Roedd ambell un hyd yn oed wedi gorfod rhuthro 'nôl o'r maes parcio.

Sychodd Arwel y bêl yn ei grys. Gwenodd wrth gofio'r teimlad ofnadwy a gafodd wrth afael yn y bêl a'i chicio yn ei gêm ddiwethaf. Edrychodd yn syth o'i flaen. Roedd pymtheg o chwaraewyr rygbi gorau'r byd yn ei wynebu. Roedden nhw'n edrych yn ddig: doedden nhw ddim yn hoff o orfod aros am neb.

Pennod 20

Bang! Ciciodd Arwel y bêl yn uchel i awyr y nos. Bu'n hofran yno am ychydig, fel gwylan yn barod i ymosod ar brae. Rhuodd Delme, Rhif Dau a gweddill pac y sombis yn eu blaenau. Gallai Rhif Dau deimlo'r awyr iach yn llenwi ei ysgyfaint. Poerodd lond ceg o lwch du y glo i'r borfa wrth i'r pac daranu yn ei flaen fel un. Gwenodd Rhif Dau. Roedd wrth ei fodd yn gwneud hyn unwaith eto. Ar gyfer hyn yr oedd e wedi'i greu. Yna, wedi iddi goglais yr awyr fel pluen am ychydig, disgynnodd y bêl i'r ddaear fel carreg.

*

Llamodd Delme oddi ar y ddaear a phasio'r bêl yn ôl at Rif Dau. Daliodd yntau hi â'i ddwy law a gyrru ymlaen i ganol pac y gwrthwynebwyr. Gallai deimlo dau brop y sombis yn ymuno yn y cyrch fel darnau o jig-so da. Dyma nhw'n hyrddio yn eu blaenau nes i bwysau'r taclwyr eu tynnu i'r llawr. Gyda throad bach crefftus o'i law, gwthiodd Rhif Dau y bêl tuag yn ôl i ddwylo'r mewnwr. Mewn un symudiad llyfn, deifiodd hwnnw am y bêl, ei chasglu yn ei freichiau a'i throi'n gelfydd at Arwel.

Gallai Arwel weld bod dau flaenasgellwr y tîm arall ar ruthr tuag ato, eu maswr o'u blaenau a'u canolwyr yn dynn ar eu sodlau. Cymerodd ddau gam ymlaen, ochrgamu i'r chwith gan achosi i un taclwr hedfan i'r cyfeiriad anghywir, cyn rhuthro am y gofod rhwng y canolwyr. Torrodd Glyn Griffiths i mewn o'r asgell a chwipiodd Arwel y bêl ato'n gyfrwys. Daliodd ati i redeg tuag at yr asgell dde. O wybod bod Arwel bellach yn llenwi ei safle yntau, ochrgamodd Glyn tua chanol y cae gan basio'r bêl i un o'r canolwyr. Cafodd hwnnw ei daclo ond llwyddodd i roi pàs i'r canolwr arall, a dderbyniodd y dacl nesaf, a bu ond y dim iddo golli'r bêl. Ond rywsut, ar flaenau ei fysedd, llwyddodd i basio'r bêl allan i'r gofod ar yr asgell dde. Gafaelodd Arwel yn dynn yn y bêl a rhedeg nerth ei draed. Dim ond asgellwr a chefnwr y gwrthwynebwyr oedd ar ôl i'w curo nawr. Gwyddai fod Glyn a'i ganolwyr yn dal yn fflat ar lawr. Ond gwyddai hefyd fod y pac yn ei ddilyn. Petai'n gallu dod o hyd i Delme, fe allen nhw hyrddio dros y llinell gais.

'Tu mewn!' meddai llais. Heb feddwl ddwywaith, chwipiodd Arwel y bêl i'r ochr fewn wrth i'r asgellwr a'r cefnwr ei daro'n swp i'r llawr.

Roedd y bêl yn dal i gyhwfan yn yr awyr. Edrychai fel petai'r gwrthwynebwyr am gael eu dwylo arni. Ond roedd Rhif Dau yn torri drwy ganol y cael fel trên. Cydiodd yn y bêl a gwthio tuag at y llinell gais.

Pum pwynt i ddim.

Aeth Arwel ati'n syth i drosi'r cais. Cododd baneri'r llumanwyr i'r awyr a rhuodd y dorf.

Ar yr ystlys, roedd Martin, Beth a Gruff yn neidio i fyny ac i lawr. 'Ieeei!' gwaeddodd y criw.

'Mae e 'nôl ar 'i orau,' gwaeddodd Martin. 'Ti'n gweld? Tamed bach o ffydd sydd ei heisiau i ennill . . . dyna i gyd . . .'

Roedd Lwcus yn pori ar ochr y cae gan godi ei ben bob hyn a hyn i geisio gwneud synnwyr o'r holl sŵn.

'Maen nhw'n wych!' gwaeddodd Gruff.

Gwenodd Beth wrth i Glyn garlamu heibio. Roedd ei goes yn dal ei thir yn lled dda.

Erbyn hyn, roedd Arwel yn teimlo fel cawr, er mai fe oedd y person lleiaf ar y cae. Teimlai mor fawr â Delme. Edrychodd o'i gwmpas am eiliad. Roedd rhyw ddisgleirdeb arian dros bob man dan y llifoleuadau. Gallai weld Dad yn ei siwt ffansi'n trafod y gêm yn frwd gyda Benbow; gallai weld Gruff, Martin a Beth yn gweiddi ac yn cymeradwyo; gallai weld Lwcus yn synhwyro'r cyffro; gallai deimlo ugain mil o gefnogwyr yn sgrechian am fwy. Ceisiodd serio'r eiliad honno ar ei gof. Roedd eisiau cofio mor wych roedd popeth y foment honno.

*

Tynnodd Benbow ar fraich Mr Rygbi. 'Grêt, 'achan! Dyna'u pumed cais.'

Dyrnodd Dad yr awyr wrth i Bob blygu tuag ato. 'Sori am yr hyn ddwedais i gynnau,' meddai. 'Ma gan dy fab di dîm anhygoel. Ti oedd yn iawn wedi'r cwbwl.'

Roedd y sombis ar dân. Roedd eu pasio'n syth

fel gwaywffyn yn hedfan drwy'r awyr a'u ciciau'n adlamu ar hyd yr ystlys yn union gywir: roedd y tîm mor chwim a phwerus – ac yn hollol wych – fel na allai dim eu rhwystro.

'Sombis! Sombis! Sombis!' llefodd y dorf.

Edrychodd Arwel tua'r eisteddle am yr eildro. Gallai dyngu ei fod yn clywed llais ei chwaer, hyd yn oed, yn gweiddi ei chymeradwyaeth.

'Gwranda,' meddai Bob, wrth i un o chwaraewyr y tîm gwadd gael ei gario o'r maes yn y funud olaf, 'ma'r Sombis Rygbi 'ma'n ddigon da i chwarae yn erbyn tîm gorau'r byd.'

Newidiodd yr olwg ar wyneb Dad. 'Cymru?' holodd. 'Byddai honno'n gêm anodd i'w threfnu.'

'Y Crysau Duon,' meddai'r gŵr o Seland Newydd. 'Drefnwn ni gêm ryngwladol go iawn!'

Diweddglo

Eisteddai Arwel, Beth, Martin a Gruff ar ben y wal yn gwylio lorri Mansel Davies yn mynd tua'r gorllewin dan oleuadau oren y ffordd ddeuol.

'Enillon ni,' meddai Gruff. 'Alla i ddim credu'r peth.'

'Na finnau,' cytunodd Arwel.

'Roeddet ti'n wych,' canmolodd Beth, 'yn anhygoel o arbennig o wych. Heb-weld-unrhyw-beth-tebyg-o'r-blaen-a-wela-i-fyth-rywbeth-tebyg-eto-o-wych.'

'Aeth dy dad yn wallgo. Bu bron iddo gael ei daflu allan o'r stadiwm,' meddai Martin. 'Roddodd e gusan i'r merlyn.'

Chwyrnodd Lwcus, oedd yn pori gerllaw.

'Roedd hyd yn oed pwyllgor Clwb Rygbi Aberarswyd yn cymeradwyo,' meddai Arwel.

Gwyliodd Gruff y lorri'n diflannu o'r golwg. 'Gobeithio nad oedd y sombis yn y lorri 'na, ar eu ffordd i greu hafoc drwy'r wlad unwaith eto. Dwi ddim yn meddwl y gallen i fynd drwy hynny eto.'

'Na, dy'n nhw ddim,' meddai Arwel. 'Maen nhw'n gweithio. Trio cael gwared ar yr holl egni gwyllt yna maen nhw'n ei gynhyrchu wrth ennill.'

'Gweithio?' holodd Martin.

'Oriau hyblyg,' atebodd Beth. 'Ma Mam yn gweithio...'